Satzfragmente

BoD

Karin Heuser

Satzfragmente

Bibliografische Information der Deutschen Nationalbibliothek:
Die Deutsche Nationalbibliothek verzeichnet diese Publikation in der Deutschen Nationalbibliografie; detaillierte bibliografische Daten sind im Internet über http://dnb.dnb.de abrufbar.

© 2016 Karin Heuser
Lektorin: Katrin Heuser

Herstellung und Verlag: BoD – Books on Demand, Norderstedt

ISBN: 978-3-7412-5131-3

Schreiben wir doch einen Krimi...

Stichwörter und Satzfragmente von den Bewohnern sammeln und daraus eine Kriminalgeschichte schreiben! Dies war einer meiner Vorschläge bei einem Treffen des Redaktionskreises für die Zeitung des Wichern-Hauses, einem Alten und Pflegeheim in Bochum. Die Idee war gut, fanden alle, und so begab ich mich mit einem Notizblock und einem Kugelschreiber bewaffnet auf die Suche nach geeigneten Personen, die Lust haben könnten, hierbei mitzumachen. Es waren nicht allzu viele, die mir Stichwörter oder Satzfragmente nannten, aber zum Schluss hatte ich immerhin zwölf Beiträge:

- Schönes Wetter heute. Ich hatte Besuch aus Kornharpen. Ich mag Menschen, aber keine Aufdrängler.
- Ich bin müde, gehe gleich ins Bett. Husten geht auch nicht so schnell weg.
- Was in diesem Zimmer besprochen wird, bleibt hier. Die Wände sind so dünn. Wenn Sie hier einen Furz lassen, hört es der von nebenan.
- Nee, nee. Nachher kommt die Polizei noch zu uns. Und ich habe immer noch ein Auge für schöne Frauen.
- Kriminaltango. Und Charles Aznavour. Und früher immer - Calabia Kuka.
- Ein Trinker/Alkoholiker, der auf der Straße bettelt und groß und dick ist. Er hat ein ungepflegtes Aussehen, und sein Name ist Anton Unbekannt.

- Ich wünsche mir, dass sie sich nicht mehr an Kindern vergreifen. Das ist das Schlimmste, was ich mir denken kann. Und der Polizist muss ein hübscher Kerl sein, der Sport macht. Er spielt Handball.
- Der Mörder kommt aus dem Kamin, im Schornsteinfegerkostüm. Er hat den Hausbesitzer umgebracht. Außerdem hat er eine Narbe schräg über dem Auge.
- Motorsport. Ein Rennfahrer, der einen roten Audi fährt. Er ist groß und schlank und blond. Und er will Weltmeister in der Formel 1 werden.
- Ohne Krimi geht die Mimi nie ins Bett. Es gibt ein oder zwei Tote. Einen Mord in der Bank oder am Bankautomaten. Polizeiberichte.
- Ich kenne nur alte Westernfilme. Garry Cooper, John Wayne, Maureen O' Hara. Zwölf Uhr mittags. Spiel mir das Lied vom Tod. Lucky Luke ist schneller als sein Schatten. Audy Murphy war ein hochdekorierter Soldat.
- Tot ist tot. Der Pfarrer wird im Beichtstuhl ermordet.

Das hatte ich nun davon! Ich hatte noch nie ein Buch geschrieben, und ich fragte mich, ob ich das schaffen würde. Über reale Kriminalfälle wusste ich auch nicht viel. Als eifrige Leserin vieler Kriminalromane (meine Tochter behauptet immer aus Spaß, es müssten bestimmt 99.999 Stück gewesen sein) hatte ich allerdings ein gewisses Grundwissen.

Zu allererst musste ich aber lernen, auf einem Computer zu schreiben. Das konnte ich bis dahin nämlich auch noch nicht. Und dann die Recherche. Ich kann nur sagen, das Internet, mein Freund und Helfer, denn über DNA-Spuren, Erdrosseln oder Erwürgen und Giftspritzen wollte ich mich dann doch lieber noch einmal schlau machen.

Es gab noch einen anderen Grund für mich, dieses Buch zu schreiben. Im August des vergangenen Jahres war während eines Zeitraums von circa 30 Minuten der komplette vorherige Tagesablauf aus meinem Gedächtnis verschwunden. Einfach so! Das bedeutete natürlich Alarmstufe ROT. Stationäre Aufnahme in der sogenannten Stroke Unit, CT, MRT, Röntgenaufnahmen und neurologische Untersuchungen folgten. Es war kein Schlaganfall, Gott sei dank! Transiente, globale Amnesie nannten sie das. Der Gedanke an eine beginnende Demenz war in den darauffolgenden Monaten immer präsent, aber die Nachuntersuchungen ergaben, dass immer noch alles in Ordnung war mit meinem Gehirn.

Das Schreiben über meine Protagonistin Carlotta war nicht nur Gehirn-Jogging pur, sondern ein großes Vergnügen für mich. Ein besonderes Hochgefühl hatte ich immer, wenn ich mal wieder eines der Stichwörter und Satzfragmente pointiert untergebracht hatte.

Und was ist am Ende dabei herausgekommen? Ich habe eine Kriminalgeschichte mit über 40.000 Wörtern geschrieben, die für die vierteljährlich erscheinende Wichern-Haus-Zeitung viel zu lang geraten ist. Dafür habe ich aber nun ein kleines, richtiges Buch!

Nicht schlecht für eine Anfängerin, die demnächst 72 Jahre alt wird! Oder?

KAPITEL 1

Kommissar Hans-Dieter Bauermann arbeitete seit 35 Jahren bei der Kripo. Für sein Alter sah er immer noch ganz gut aus, wenn auch seine Haare langsam grau wurden. Früher hatte er Kampfsport betrieben, aber heute hielt er sich durch Fahrrad fahren fit. Zu seinem 60. Geburtstag hatte ihm seine Frau Monika ein neues iPhone geschenkt, aufgeladen mit Ohrwürmern aus den 60er und 70er Jahren. Er wusste eigentlich nicht so recht, warum er sich auf einmal an ein neues Smartphone gewöhnen sollte, aber mit der Musik hatte ihn seine Frau doch locken können. Nun lief er ständig mit dem Handy am Gürtel und den Stöpseln in den Ohren durch die Gegend und ließ sich von den alten Schlagern in gute Laune versetzen.

Am Morgen des 19. Oktober 2016, pünktlich um acht Uhr, betrat er seine Dienststelle, nickte seinen Kollegen zu, und steuerte sein Büro an. Er hörte gerade „...ohne Krimi geht die Mimi nie ins Bett...", als er abrupt stehen blieb. An seinem Schreibtisch auf seinem Stuhl saß – seine Frau möge ihm verzeihen – das schönste weibliche Wesen, das er seit langem gesehen hatte! Sie war gertenschlank und hatte kurze schwarze Haare. Als erstes fiel ihm ihr eigenwilliges Kinn auf, dann ihre ausdrucksvollen grünen Augen. Ein Gesicht, das keine Schminke brauchte und sich einem sofort einprägte. Ihre Kleidung war leger, und ihre ausgefranste Jeans steckte in halbhohen Stiefeln, die gemütlich seitlich am Aktenberg vorbei auf seinem Schreibtisch lagen. Mit dem Schulterhalfter, in dem ihre Dienstwaffe steckte, wirkte sie außerordentlich professionell. Er schätzte ihr Alter auf Anfang bis Mitte 30, und er fragte sich, was eine solche Augenweide in seinem Büro zu suchen hatte. Mit einer geschmeidigen Bewegung stand sie auf und streckte ihm ihre unberingte, schmale Hand hin.

„Guten Tag, Herr Bauermann. Ich bin Kriminalhauptkommissarin Carlotta Voß, ihre neue Mitarbeiterin!"

„Verdammt", er hatte doch gewusst, dass die Kollegin heute anfangen würde. Er nahm die Stöpsel aus seinen Ohren und ergriff ihre Hand. Überrascht bemerkte er ihren festen Händedruck.

„Da unser Chef, Herr Seitz, ja zur Zeit im Urlaub ist, sollen Sie mir in den nächsten Tagen erst einmal hilfreich zur Seite stehen. Danach ist geplant, dass wir als Team zusammenarbeiten."

„Ja", antwortete er. „Ich weiß Bescheid. Herzlich willkommen erst mal."

„Ich habe gehört, dass gestern ein neuer Todesfall hereingekommen ist. Wissen Sie schon Einzelheiten?"

Hans-Dieter setzte sich erst einmal hin und reichte ihr die oberste Akte. Carlotta überflog kurz die erste Seite. „Was bedeutet *Calabia Kuka*?", fragte Carlotta.

„Keine Ahnung!", sagte Hans-Dieter. „Das hat man dem Toten mit einem Filzstift auf die Stirn geschrieben!"

„Wer ist überhaupt der Tote?"

„Andreas Niedermann, der Gründer und Direktor der Niedermann-Bank, seit sieben Jahren im Ruhestand. Wohnt in einer großen Villa am Bockholt. Vor vielen Jahren hat er das Haus praktisch geteilt und den gesamten Ostflügel zu einem privaten Seniorenheim umbauen lassen. Seine Schwägerin, die ihm auch den Haushalt führt, hat ihn morgens gefunden. Er hat tot in seinem Sessel vor dem Kamin gesessen. Sie hat sofort den Hausarzt angerufen, und der hat plötzlichen Herztod diagnostiziert. Aber wegen der Schrift auf der Stirn hat er die Polizei benachrichtigt. Die wiederum hat daraufhin uns verständigt, und die Beamten vom Erkennungsdienst haben die Spuren gesichert und eingetütet. Danach ist die Leiche in die Gerichtsmedizin überführt worden. Der Staatsanwalt hat dann beim Amtsgericht eine Obduktion beantragt, die auch sofort genehmigt worden ist. Der Rechtsmediziner, Herr Dr. Schönefeld, hat wegen des Bekanntheitsgrades des Opfers noch gestern mit der Obduktion begonnen."

Als Hans-Dieter zu ihr hochschaute, bemerkte er zu seinem Erstaunen einen leicht abwesenden Ausdruck in Carlottas Augen.

Er räusperte sich: „Vielleicht bekommen wir seinen Bericht ja noch heute!"

„Was sagen die Kollegen von der KTU? Gibt es da schon etwas?

„Noch nicht sehr viel. Keine Anzeichen von Kampf oder Ähnlichem. Auf dem Beistelltisch hat ein benutztes Sherry-Glas gestanden. Seine Brille hat daneben gelegen. Außerdem haben wir Rußpartikel an seiner Kleidung, in der Nähe des Kamins und hinter dem Vorhang zur Terrasse gefunden, die man bis jetzt noch nicht zuordnen kann. Die Putzfrau hat ausgesagt, dass sie vorgestern bis 18 Uhr im Haus gewesen ist. Herr Niedermann hat sich gegen 17 Uhr ins Kaminzimmer zurückgezogen und darum gebeten, nicht mehr gestört zu werden. Gemäß ihrer Aussage hat sie die Küche noch gründlich geputzt und das Geschirr gespült, bevor sie gegangen ist. Zum Schluss hat sie die Alarmanlage eingeschaltet, die die Türen und Fenster des Hauses sichert."

„Angestellte?"

„Die Haushälterin bzw. Schwägerin kommt morgens um acht, die Putzfrau nur dreimal in der Woche, genauso wie der Gärtner und der Hausmeister, die auch für das Seniorenheim zuständig sind. Am Abend gehen alle nach Hause."

„Haben die Nachbarn etwas gesehen?"

„Mit der Zeugenbefragung ist es nicht so ganz einfach. In der Waldstraße befinden sich nur auf der linken Seite noch ein paar weitere Häuser, und einige der Anwohner haben wir auch erreicht. Denen ist aber nichts aufgefallen. Im Seniorenheim sind wir noch nicht gewesen. Ich glaube nicht, dass eine Befragung da etwas bringt."

Carlotta schaute ihn fragend an.

„Meine 91-jährige Tante wohnt auch in dem Heim. Ich weiß, wie es dort ist!"

„O...kay." Carlotta stand auf und ging mit energischen Schritten zur Tür. „Schauen wir uns die Lage doch noch einmal vor Ort an. Mein Büro kann ich später immer noch beziehen. Es soll ja gleich nebenan sein!"

Hans-Dieter steckte schnell Ohrstöpsel und iPhone in die Hosentasche, steckte seine Dienstwaffe in das Holster an seinem Gürtel und folgte ihr in den Flur. Bei den Kollegen machte Carlotta Halt und bedachte sie mit einem festen Blick.

„Wir haben vorhin ja schon miteinander geredet, und ich weiß, dass Sie und das BKA vollauf damit beschäftigt sind, den Todesfall im Zusammenhang mit den Sprengungen der Bankautomaten aufzuklären. Herr Seitz hatte mir im Vorfeld Unterlagen zukommen lassen. Ist Ihnen eigentlich schon aufgefallen, dass es sich ausschließlich um Filialen der Niedermann-Bank handelt? Das ist schon ein merkwürdiger Zufall, finden Sie nicht auch? Ich hoffe, dass die Täter bald erwischt werden. Herr Bauermann und ich befassen uns jetzt mit dem toten Herrn Niedermann in der Waldstraße. Sollten wir die Ergebnisse der Obduktion um 17 Uhr schon vorliegen haben, treffen wir uns gegen 17.15 Uhr zu einer Besprechung. Meine Herren!" Carlotta nickte ihnen zum Abschied zu.

Dann öffnete sie die Tür zum Sekretariat, wo Eva Blum wie jeden Morgen seit sieben Uhr an ihrem Schreibtisch saß. Carlotta hatte sich ihr bereits vorgestellt. Diese hatte jedoch zurückhaltend und humorlos den Arbeitsantritt der neuen Hauptkommissarin zur Kenntnis genommen und sie in Hans-Dieters Büro geführt.

„Wir sind jetzt einige Stunden unterwegs. Unsere Telefone haben wir auf unsere Handys umgestellt."

Eva verzog keine Miene, nickte aber kurz und wandte sich wieder ihrer Arbeit zu. Hans-Dieter und Carlotta verließen das *Alte Amtshaus*, welches erst kürzlich renoviert und für das Kommissariat umgebaut worden war. Vor vielen Jahren befand sich im hinteren Gebäude das Gesundheitsamt, und auch die Polizei war hier stationiert. Es gab eine große Turnhalle, wo neben Schulsport auch der Theaterverein seine Stücke aufführen konnte. Aber mit der Zeit kam das Haus in die Jahre, und für die Renovierung hatte die Gemeinde kein

Geld. Bis die Stadtverwaltung sich entschloss, das Gebäude zu retten und diese Dienststelle einzurichten. Die früher mit Gras bewachsene Böschung zur Straße hin war zu einem terrassenförmigen Parkplatz umgestaltet worden.

„Ich fahre" sagte Carlotta und steuerte zielstrebig an den Einsatzwagen vorbei auf einen nagelneuen Mazda MX5 zu. Goldmetallic mit schwarzem Stoffdach. Hans-Dieter musste schlucken. „Hoffentlich kann ich da überhaupt einsteigen" dachte er, ließ sich dann aber einfach in den tiefen Sitz fallen und zog die Beine nach. Er hatte kaum Platz genommen, als aus den Lautsprechern das Stakkato durchgeknallter Rap-Musik auf seine Ohren prallte. Carlotta strahlte ihn an. „Kennen Sie diesen Typ?" Hans-Dieter schüttelte wortlos den Kopf.

„Das ist Samy Deluxe, der beste Rapper aller Zeiten. Seine Texte sind einfach super. Er ist ein Wortgenie!", erläuterte Carlotta und lächelte ihn begeistert an. Er schloss ergeben seine Augen. Die Fahrzeit verging wie im Fluge.

Sie betraten das Seniorenheim, und im Eingangsbereich stießen sie gleich auf Tante Käthe, die es sich dort in einer gemütlichen Sitzecke bequem gemacht hatte. Sie erkannte Hans-Dieter sofort.

„Ach, Hans-Dieter, ich sach dir watt! Leider bin ich mit mein Schal für dich noch nich fertich" und hielt ihm ihr Häkelzeug hin. Die Frau von Hans-Dieter versorgte sie pausenlos mit neuer Wolle, und die unvollendeten Werke häuften sich in ihrer Schublade. „Ich geh aber gleich ins Bett. Ich bin so müde und happ zwei Nächte nich geschlafen. Der Schornsteinfeger von vorgestern Abend hat mich bange gemacht. Und mein Husten geht auch nich weck."

Hans-Dieter zuckte verlegen mit den Schultern und verdrehte leicht die Augen. Er antwortete ihr mit ein paar beruhigenden, jedoch knappen Worten und erklärte ihr, dass er eigentlich beruflich da sei. Seine Tante hörte ihm aber schon kaum noch zu, wieder völlig in ihrer Häkelarbeit vertieft. Als Hans-Dieter und Carlotta weitergingen, kam ihnen ein alter Mann mit einer Gehhilfe entgegen.

„Guten Tag Herr Börne, wie geht es Ihnen?" erkundigte sich Hans-Dieter, der Herrn Börne mittlerweile ganz gut kannte, da dieser immer gerne in der Cafeteria saß und mit allen Besuchern ein Pläuschchen hielt. Carlotta fragte ihn, ob ihm in den letzten Tagen etwas Merkwürdiges aufgefallen wäre.

„Nee, nee. Ich sag nichts! Sonst kommt nachher noch die Polizei!" erwiderte Herr Börne. Dann schaute er Carlotta prüfend an, und ein vergnügtes Blitzen trat in seine Augen. „Wissen Sie, ich bin 91 Jahre alt, aber ich habe immer noch etwas übrig für schöne Frauen!"

„Ist ja toll!" murmelte Carlotta und ging schnell weiter, denn auf ein Gespräch mit ihm über seine Bedürfnisse wollte sie sich verständlicherweise nicht einlassen.

Inzwischen war die Heimleiterin, Frau Dr. Schulte, hinzugekommen. Carlotta sah eine Frau in den besten Jahren vor sich. Ihre Figur war etwas rundlich, doch ihr apartes Gesicht und die rötlichen Haare ergaben eine interessante Note. Sie sah ziemlich mitgenommen aus, offensichtlich war sie von Frau Niedermann schon benachrichtigt worden. „Nicht alle unsere Bewohner sind ansprechbar, aber ich bringe Sie gerne zu den Leuten, die ein Zimmer mit Blick zur Straße haben", sagte sie.

Im Weitergehen kamen sie an einer offenen Tür vorbei.

„Im Nachbarhaus gab es einen Todesfall und wir führen eine Befragung durch. Haben Sie draußen etwas gehört oder gesehen, Herr Baumgartner?", erkundigte sich Hans-Dieter.

Herr Baumgartner richtete sich auf und antwortete: „Was in diesem Zimmer besprochen wird, bleibt hier. Die Wände sind sehr dünn! Wenn Sie hier einen Furz lassen, hört es der von nebenan." Mit ernsten Gesichtern verabschiedeten sich die Kommissare. Es fiel ihnen schwer, sich ein Lachen zu verkneifen. Etwas weiter den Flur herunter stießen sie auf die gut gekleidete Frau Elvira Falkenberg, die ihnen gleich von dem Besuch ihrer guten Freundin aus Kornharpen erzählte.

„Wir haben vorgestern im Eingangsbereich gesessen und plötzlich sind wir von einem dreisten Schornsteinfeger gestört worden. Wissen Sie, ich mag Menschen, aber ich mag keine Aufdrängler! Er hat eine Blume aus der Vase gezogen und sie meiner Freundin überreicht. Und dabei hat er noch nicht einmal gut ausgesehen! Schräg über seinem Auge hatte er nämlich eine ganz hässliche Narbe gehabt!"

Carlotta sah Hans-Dieter an und schüttelte den Kopf. „So kommen wir nicht weiter! Ich schlage vor, ich gehe ums Haus und mache mir ein Bild von der Größe des Grundstücks. Und Sie klingeln bei den Nachbarn, die gestern nicht zu Hause gewesen sind."

„In Ordnung!" Hans-Dieter verließ das Heim und machte sich auf den Weg.

Sobald er außer Sichtweite war, steckte er sich die Stöpsel in die Ohren, drückte auf *Play* und schon hörte er „...und sie tanzen einen Tango, Jacky Brown und Baby..." und „bums!" stieß er voll mit einem großen, übel nach Alkohol riechenden und sichtlich heruntergekommenen Kerl zusammen. Hans-Dieter nahm die Ohrstöpsel wieder heraus. „Halt! Stopp! Wie heißen Sie? Was machen Sie hier?", und baute sich vor ihm auf.

„Ich bin Anton Unbekannt, und was ich hier mache, geht Sie einen Dreck an!" Mit einem frechen Grinsen tippte er sich an die Stirn und ging pfeifend weiter. Hans-Dieter schüttelte den Kopf, und auch er setzte seinen Weg fort.

Es stellte sich heraus, dass die paar Leute, die sie noch nicht erreicht hatten, wieder nicht zu Hause waren. Unzufrieden ging er zurück. Carlotta hatte inzwischen festgestellt, dass sich auf beiden Seiten des Gebäudes große Terrassen befanden. Eine weitläufige Gartenanlage im hinteren Bereich verband die beiden Haushälften und führte außerdem zu einem Gärtnerhaus, das neben dem Geräteraum offensichtlich noch eine kleine Wohnung beherbergte. Und auf der linken Seite konnte sie eine große Doppelgarage sehen, deren Zufahrt wohl von dem dahinter liegenden Buchenweg aus möglich war. Das Grundstück selbst war von einer hohen Efeuhecke umgeben. Carlotta ging durch das noch feuchte Gras bis zum Ende des Grundstücks. Der vor ihr befindliche bunte Herbstwald, der gerade von der Morgensonne angestrahlt wurde, verströmte einen leicht modrigen Geruch. Ganz anders als in Hamburg, wo sie in den letzten Jahren gelebt hatte. Dort roch die Luft salzig und immer frisch.

Nun, jetzt war sie in Bochum-Harpen und hatte einen Mord aufzuklären. Sie riss sich von dem Anblick des Farbenspiels der Blätter los und ging wieder nach vorne.

Als Hans-Dieter ihr von seiner erfolglosen Aktion berichtete, sagte sie verärgert: „Das kann doch wohl nicht wahr sein! Wir sind vollkommen umsonst hierhergekommen. OK, dann lassen Sie uns wenigstens noch einmal mit den Niedermanns reden. Die Schwägerin ist zwar gestern schon befragt worden, doch ich möchte sie gerne selbst kennen lernen!"

Nach mehrmaligem Klingeln wurde die Tür von einer gepflegt aussehenden, blonden Frau geöffnet. Carlotta schätzte ihr Alter zwischen 50 und 60 Jahre, und Figur wie auch Frisur sprachen eine deutliche Sprache: „Ich bin mehr als eine Haushälterin."

„Bitte kommen Sie mit in den Salon. Ich bin Frau Niedermann und stehe seit vielen Jahren dem Haushalt meines Schwagers vor.", sagte sie herablassend. Dort wandte sie sich einem schlanken jungen Schönling zu, der sich in einem pompösen Sessel räkelte und ihnen blasiert entgegensah. Seine Haare waren ebenfalls blond und an den Seiten kurz geschnitten und oben gegelt. Seine Kleidung war sportlich und eindeutig teuer. An seinem Handgelenk trug er einen auffälligen Breitling-Chronometer, und ein schwerer Silberring zierte seinen linken Daumen.

„Und dies ist mein Sohn Gisbert.", stellte sie vor.

Dieser machte keinerlei Anstalten aufzustehen. Ein anzügliches Grinsen trat in sein Gesicht, und mit dreistem Blick begutachtete er Carlottas Figur von oben bis unten.

„Seit wann gibt es denn so gut gebaute Bräute bei der Kripo?"

„Wahrscheinlich seit es die Quotenregelung gibt!", antwortete sie und ging mit wiegenden Schritten auf ihn zu. Sie streckte ihm ihre schmale Hand zur Begrüßung hin. Gisbert nahm sie, und verzog dann aber schmerzhaft sein Gesicht. Carlotta hatte ihm ihren härtesten Händedruck verpasst und lächelte in sich hinein. Dann wandte sie sich Frau Niedermann zu und begrüßte auch diese.

Mit vor der Brust verschränkten Armen und auf den Zehenspitzen wippend hatte sich Hans-Dieter in dem Türrahmen postiert und sein offizielles und strenges Polizeigesicht aufgesetzt. Er hatte die ganze Szene kommentarlos beobachtet und sagte dann in einem überaus trockenen Tonfall:

„Wir haben uns gestern ja schon kennengelernt, Frau Niedermann. Eine unserer Fragen betrifft ein mögliches Testament des Toten. Es scheint, dass Sie und Ihr Sohn die Erben sind. Oder gibt es noch andere Personen, die dafür in Frage kommen?"

„Nein, niemand", antwortete sie etwas verhalten. „Andreas hat immer gesagt, dass ein Testament zu unseren Gunsten bei seinem Anwalt hinterlegt ist. Schließlich habe ich mich all die Jahre aufopfernd um ihn gekümmert. Seitdem seine Osteoporose sich verschlimmert hat, ist er aus Angst vor Stürzen und Knochenbrüchen kaum noch aus dem Haus gegangen."

„Haben Sie das Testament persönlich in der Hand gehabt?", fragte Carlotta.

„Nein, aber ich vertraue meinem Schwager hundertprozentig!"

„Wann wird eigentlich die Leiche freigegeben? Schließlich müssen wir die Beerdigung planen!", fragte Gisbert Niedermann aus der Tiefe seines Sessels heraus.

„Nun", sagte Carlotta. „Sobald die Todesursache eindeutig feststeht. Auf jeden Fall muss jemand im Haus gewesen sein, der *Calabia Kuka* auf die Stirn Ihres Onkels geschrieben hat. Wo sind Sie und Ihre Mutter vorgestern eigentlich in der Zeit von 17 bis 19 Uhr gewesen?"

„Ich habe den Nachmittag und den Abend mit ein paar Freundinnen verbracht" antwortete Frau Niedermann.

„Und ich bin am Mittwoch den ganzen Tag zum Training am Nürburgring gewesen. Dort haben mich jede Menge Leute gesehen und ich bin erst gegen 21 Uhr nach Hause gekommen", sagte ihr Sohn.

„Sie fahren Autorennen?", wurde Hans-Dieter plötzlich hellhörig, denn er war ein begeisterter Motorsport-Fan.

„Ja, ich fahre den heißen roten Audi TT, der vor der Tür steht, und irgendwann fahre ich in der Formel 1 und werde dort Weltmeister. Oder ich lege mir einen eigenen Rennstall zu.", meinte er großspurig.

Carlotta wandte sich zur Tür. „Sie werden verstehen, dass wir selbstverständlich Ihre Alibis überprüfen müssen. Heute Nachmittag haben wir wahrscheinlich schon erste Ergebnisse von der Gerichtsmedizin und vielleicht auch bald von der KTU. Sobald diese grünes Licht geben, kann die Leiche freigegeben werden. Nichts spricht dann gegen eine Beerdigung. Auf Wiedersehen!"

Draußen blickte Carlotta Hans-Dieter fragend an: „Spielen Sie eigentlich immer den bösen Bullen? Es ist doch nur eine einfache Befragung gewesen!"

Hans-Dieter schaute zerknirscht zurück. „Ich weiß! Die Macht der Gewohnheit! In meinen Anfangszeiten bei der Polizei schickte man grundsätzlich mich zu Einsätzen, wo häusliche Gewalt oder Straßen- und Wirtshausschlägereien im Spiel waren. Ich hatte schon als Teenager mit dem Kampfsport angefangen. Boxen, Kickboxen und Karate und so. Als hätten die bösen Buben einen siebten Sinn dafür, brauchte ich mich nur so hinzustellen, und die heiße Luft um sie herum kühlte sich merklich ab. Und später machte ich die Erfahrung, dass durch meine Pose die Wahrheit meist eher ans Licht kam. Sie müssen also entschuldigen, wenn die alten Reflexe hin und wieder ans Tageslicht kommen. Sie sind doch bestimmt auch ganz fit im Kampfsport, oder etwa nicht?"

„Natürlich!", antwortete Carlotta. „In Hamburg habe ich viele Jahre Krav-Maga-Selbstverteidigung erlernt und später auch Frauen und Kinder trainiert."

„Ja, das kenne ich auch. Kontaktkampf! Kommt aus Israel und wird mittlerweile bei der Polizei und dem Militär auf der ganzen Welt angewandt!" Er lachte sie an. „Dann sind wir beide ja jetzt ein unschlagbares Team!"

„Scheint so!" Ein leicht amüsiertes Lächeln machte sich auf ihrem Gesicht breit. „Fahren wir also wieder zurück. Mal sehen, ob bereits Ergebnisse auf uns warten."

In diesem Moment kam Frau Dr. Schulte um die Ecke geeilt.

„Der Herr Börne ist uns entwischt!", rief sie ihnen mit ärgerlicher Stimme entgegen. „Wir haben das ganze Haus durchsucht, und zwei meiner Pflegeschwestern habe ich ins Bockholt geschickt, um dort nachzusehen. Ich selbst habe gerade das Haus noch einmal umrundet. Jetzt bleibt nur noch die Straße übrig. Wahrscheinlich sitzt er gemütlich auf einer Bank in irgendeinem Vorgarten!"

„Oder er hat den Bus genommen!", meinte Hans-Dieter.

Carlotta runzelte ihre Stirn. „Es scheint, dass diese Situation nichts Neues für Sie ist, Herr Bauermann!"

„Das ist es in der Tat nicht! Hin und wieder versucht schon mal einer der dementen Bewohner, sein altes Zuhause wiederzufinden, besonders wenn er noch nicht lange im Heim wohnt und völlig verwirrt ist!"

„Dann sollten Sie umgehend die Polizei benachrichtigen. Die kennt sich doch mit dem Einsammeln von Ausreißern bestens aus!", sagte Carlotta.

„Vor ein paar Wochen war er schon einmal weg!", sagte Frau Dr. Schulte und man konnte deutlich ihre Erschöpfung in der Stimme hören. „Aber damals ist er nach einer Stunde wieder aufgetaucht!"

Hans-Dieter schaute Carlotta bittend an. „Wir könnten doch einmal um den Block fahren. Vielleicht haben wir Glück und finden ihn!"

Als Carlotta sah, dass es ihm wichtig war, zuckte sie mit ihren Schultern. „Na gut! Von mir aus! Wenn wir ihn aber nicht finden, benachrichtigen Sie sofort die Polizei, Frau Dr. Schulte!"

Mit einem strengen Blick zu der Heimleiterin stieg sie in ihr Auto. Hans-Dieter folgte ihr. Im Auto schaute er sie entschuldigend an.

„Bei der Vorstellung, dass sich meine Tante in den nächsten Bus setzen könnte, sträuben sich mir die Nackenhaare!"

„Das geht schon in Ordnung. Dann starten wir eben eine kleine Suchaktion!", sagte Carlotta mit einem leichten Seufzen.

Nach einigen Metern erinnerte sich Carlotta: „Dieser Herr Börne, ist das nicht der, der befürchtet hat, dass die Polizei käme, wenn er reden würde?"

„Ja", sagte Hans-Dieter. „Der ist das!"

„Und der trotz seiner 91 Jahre immer noch, hm, gewisse Gefühle hat?", fragte Carlotta mit lachender Stimme.

„Sieht so aus!", lachte nun auch er.

Langsam fuhren sie die Waldstraße rauf und runter und achteten besonders auf die Vorgärten. Allerdings gab es ganz in der Nähe des Heims auch noch Häuser hinter den Häusern. Durch die breiten Einfahrten hindurch konnte man sie sehen. Carlotta hielt an.

„Kommen Sie, wir gehen auch mal da hinten nachsehen!"

Von der Einfahrt neben dem Blumengeschäft aus schaute man auf einen hübschen Neubau, dessen Eingangsbereich einladend dekoriert war. Neben der Haustür stand ein Rollator! An der seitlichen Hauswand des Blumenladens war ein Schild.

Chez Suzanne
Haus für Entspannungstechniken und Massagen

Als Hans-Dieter das las, lief er rot an.

„Der wird doch wohl nicht etwa...?", fragte er verlegen.

„Führen wir doch ganz einfach eine Befragung durch!", sagte Carlotta und lachte laut.

Zielstrebig ging sie auf das Hinterhaus zu. Auf ihr Klingeln öffnete eine nett aussehende junge Frau die Tür und lächelte sie freundlich an.

„Guten Tag! Haben Sie einen Termin? Sie wissen ja, eine Paarbehandlung muss vorher angemeldet werden!"

Das war Hans-Dieter so peinlich, dass er kein Wort herausbringen konnte, während Carlotta einen erneuten Lachanfall bekam.

„Nein!", brachte sie dann mit großer Mühe heraus. "Wir sind von der Kripo und eigentlich nur zufällig hier. Wir sind nur auf der Suche nach einem alten Mann, der im Seniorenheim vermisst wird!" Sie zeigte auf den Rollator.

„Könnte er sich bei Ihnen aufhalten?"

„Ach, Sie meinen Herrn Börne! Kommen Sie herein und sehen Sie selbst!"

Die beiden folgten ihr bis zu einer verschlossenen Zimmertür. Hans-Dieter war schon wieder knallrot im Gesicht und wollte gerade etwas sagen, als die junge Frau ihren Zeigefinger vor ihre Lippen legte. „Pst!", machte sie leise.

Vorsichtig öffnete sie die Tür, und der Anblick, der sich ihnen bot, verschlug ihnen die Sprache. Herr Börne und eine adrette Mittfünfzigerin standen mitten im Raum. Er hatte seine Arme um sie gelegt und lächelte selig, während sie zärtlich sein Gesicht, seine Arme und seinen Rücken streichelte. Stumm nahmen Carlotta und

Hans-Dieter diese berührende Szene in sich auf und wussten, dass sie hier Zeugen eines sehr intimen Augenblicks waren.

Behutsam machte die Frau die Tür wieder zu, und sie gingen wieder in Richtung Haustür.

„Das ist unsere professionelle Seniorenstreichlerin!", erklärte sie völlig ernsthaft. „Auch alte Menschen haben Bedürfnisse und sehnen sich nach Nähe!"

„Warum informieren Sie denn nicht das Heim, wenn er hier auftaucht? Dort sind nämlich alle in heller Aufregung!", fragte Hans-Dieter etwas verärgert.

Die Frau schaute ihm direkt in die Augen.

„Wir schreiben Diskretion ganz groß! Die Intimsphäre unser Kunden ist uns heilig! Deshalb möchte ich Sie auch bitten, draußen auf Herrn Börne zu warten!"

Es vergingen noch ganze zehn Minuten, bis er erschien. Carlotta und Hans-Dieter verbrachten diese Zeit in einvernehmlichem Schweigen, und jeder ging seinen eigenen Gedanken über Sex im Alter nach.

Die Streichlerin brachte Herrn Börne zu seinem Rollator, und vergnügt vor sich hin pfeifend ging er an ihnen vorbei. Plötzlich blieb er stehen und blitzte Carlotta augenzwinkernd an: „Sie habe ich heute doch schon mal gesehen. Eine schöne Frau vergesse ich nicht!"

Dann setzte er seinen Weg in Richtung Heim fort. Carlotta und Hans-Dieter begleiteten ihn, bis die Heimleiterin ihn kopfschüttelnd in Empfang nahm. Erst dann fuhren sie zurück zu ihrer Dienststelle. Als Hans-Dieter sich bei ihr bedankte, meinte Carlotta schmunzelnd:

„Ich sehe schon, was mich in Zukunft hier in Harpen erwartet. Giftmorde und Seniorensex! Spannender geht's nicht!"

In wenigen Minuten erreichten sie das Amtshaus.

„Die Besprechung beginnt in fünf Minuten!" Mit diesen Worten betrat Carlotta das Großraumbüro und steuerte auf ihre Zimmertür zu.

„Frau Voß, einen Moment! In Ihrem neuen Büro wartet Dr. Schönefeld auf Sie!" rief einer der Beamten ihr nach. Sie versteifte sich und fühlte ein schmerzhaftes Ziehen in ihrem Bauch. Dann gab sie sich einen Ruck und öffnete die Tür. Schockiert schaute Carlotta in das unordentlichste Büro, das sie je gesehen hatte.

„Katze?!" Entgeistert sprang Dr. Schönefeld von seinem Stuhl hoch, der vor dem mit Aktenbergen überladenen Schreibtisch stand.

„Schön, dich zu sehen", sagte Carlotta kühl. Sie hatte bereits heute Morgen gewusst, dass dieser Moment kommen würde.

„Sie kennen sich bereits?" fragte Hans-Dieter neugierig, der Carlotta in ihr Büro gefolgt war.

„Ja, die Welt ist eben klein", antwortete sie mit gepresster Stimme.

Der schockierte Ausdruck in den Augen von Paul Schönefeld verwandelte sich in ein belustigtes Funkeln.

„So, so! Die *Katze vom Kiez* hat also ein neues Betätigungsfeld gefunden. Das wird ja interessant."

„Die *Katze vom Kiez*? Das hört sich allerdings wirklich interessant an!" bemerkte Hans-Dieter neugierig.

„Bleiben wir doch sachlich, Paul", und ohne etwas zu sagen, ging Carlotta zielstrebig in den Besprechungsraum, wohl wissend, dass alle ihr folgen würden.

Paul Schönefeld ergriff das Wort. „Meine Herren und natürlich Frau Hauptkommissarin", sagte er mit einer übertriebenen Verbeugung. „Die Untersuchungsergebnisse habe ich Ihnen bereits per E-Mail zugeschickt. Wenn sie dazu noch Fragen haben, würde ich sie gerne beantworten. Aber eigentlich wollte ich die neue Hauptkommissarin kennenlernen. Ich bin angenehm überrascht, kann man wohl sagen. Wir sind alte Bekannte, müssen Sie wissen."

Carlotta verzog keine Miene. „Kommen wir endlich zu den Fakten!"

„Herr Niedermann ist vorgestern um 18.20 Uhr an einer Überdosis Digitalis gestorben."

„Das ist doch ein Medikament für Herzkranke. Um daran zu sterben, muss man eine große Menge einnehmen."

„Jemand hat offenbar flüssiges Digitalis in die Sherry-Flasche gespritzt, die der Erkennungsdienst vorsichtshalber mitgenommen hatte. Wenn man die Angewohnheit hat, jeden Abend ein, zwei oder auch vielleicht drei Gläschen zu sich zu nehmen, führt das irgendwann zum Tod. Wahrscheinlich haben dann die Calcium-Tabletten, die er wegen seiner Osteoporose eingenommen hat, die Wirkung noch verstärkt. Ich schätze, es ist ihm gar nicht gut gegangen in der letzten Zeit. Übrigens wird ein Mord mit Digitalis selten erkannt. Wenn das Tattoo auf der Stirn nicht gewesen wäre, hätte sich der Hausarzt wahrscheinlich gar nicht an uns gewandt!"

Einer der anderen Beamten, Philipp Schuster, meldete sich zu Wort:

„Die Spurensicherung hat ergeben, dass am Tatort verwertbares DNA-Material gefunden worden ist. Ein benutztes Wasserglas in der Küche, Kaugummi im Abfalleimer, eine kleine Blutspur am Sicherheitsriegel der Terrassentür und einige Haare am Vorhang. Aber hierzu wird die Humanbiologin nach einer entsprechenden Analyse noch Stellung nehmen. Am Wasserglas waren übrigens die Fingerabdrücke von Gisbert Niedermann, die bereits in unserer Datenbank gespeichert waren. Als Jugendlicher hatte er bei einer Maikundgebung Steine auf die Polizisten geworfen. Damals war er deshalb erkennungsdienstlich erfasst worden und mit ein paar Sozialstunden davongekommen."

„Vielleicht ist er ja doch noch nach seinem Training zu seinem Onkel gefahren. Wie seine Mutter wird er wahrscheinlich auch Zugang zum Haus haben", meinte Carlotta.

„Da ist noch etwas. Ich habe Herrn Niedermann mal bei Google gesucht und herausgefunden, dass er zwei Brüder hatte. Einer ist in Mittelamerika umgekommen, wo er für *Ärzte ohne Grenzen* gearbeitet hatte. Das war Dr. Wolfram Niedermann. Der Jüngste, Wilbert Niedermann, war in der Bank seines Bruders beschäftigt gewesen und starb bereits in jungen Jahren an einem Herzinfarkt. Seine Witwe ist die Haushälterin oder besser „Hausdame", wie sie bezeichnet werden möchte."

„Vielen Dank!", lächelte Carlotta den jungen Mann an. „Gut gemacht! Nun haben wir doch schon ein paar Informationen mehr. Ich werde jetzt in meinem tollen neuen Büro ein paar Aufräumungsarbeiten vornehmen. Danach würde ich gerne einen ausgeben, morgen ist ja schließlich Samstag. Was ist?" Fragend blickte Carlotta in die Runde. „Sollen wir in die Osteria im Ruhr Park gehen? Die soll ja neu eröffnet worden sein."

„Aber mit Vergnügen, Kätzchen", blinzelte Paul Schönefeld sie an.

„Du nicht!"

Sie ging zur Tür, und die Kollegen folgten ihr. Im Hinausgehen wandte sie sich an Philipp Schuster. „Und wie lange sind Sie schon bei der Truppe? Soll ich Sie gleich mitnehmen?"

Und zu den anderen meinte sie:

„Bis später in der Osteria!"

KAPITEL 2

Die Stöpsel wieder im Ohr schlenderte Hans-Dieter vom Ruhr Park aus an den Stoppelfeldern und Pferdekoppeln vorbei nach Hause. Er hatte sein Auto stehengelassen, schließlich wohnte er gleich um die Ecke. Er zog den Kragen seiner Jacke hoch, denn Mitte Oktober war es abends schon ganz schön frisch. Es war ein unterhaltsamer Abend gewesen, und die Neue, dachte er grinsend, hatte genau wie alle anderen ein ordentliches Stück Pizza verdrückt. Getrunken hatte sie nur Mineralwasser, aber sie musste ja auch noch fahren. Er hatte drei Gläser Rotwein gehabt, gerade genug, um sich etwas beschwingt zu fühlen.

Gut gelaunt begann er, den Text von Charles Aznavour mitzusingen. „Du bist so komisch anzuseh'n, denkst Du vielleicht, das find' ich schön….." Er ging die Treppe seines Hauses hoch und laut schmetternd „Du lässt Disch geh'n, Du lässt Disch geh'n" öffnete er die Tür und blieb abrupt stehen.

„Donnerwetter!", entfuhr es ihm.

Seine Frau Monika stand im Flur vor dem Spiegel und hatte ihren Mund zu einem Oval geöffnet. Ihre Zunge, die Hans-Dieter deutlich sehen konnte, war an den Seiten nach oben gewölbt, so dass in der Mitte eine Art Furche entstand. Und genau hierdurch atmete sie heftig ein und aus. Wie durch einen Windkanal. Verstört schaute er sie an.

„Oh Mann, oh Mann!"

Monika brachte ihren Mund und ihre Zunge wieder in eine normale Position. Vehement begann sie aufzuzählen:

„Ich habe heute Morgen die Fenster geputzt und deine Hemden gebügelt. Dann war ich einkaufen, bei Tante Käthe im Heim und auf dem Friedhof wegen der Herbstbepflanzung. Wieder zu Hause habe ich für dich das Essen gekocht. Und jetzt habe ich Hitzewellen! Wo kommst du überhaupt um diese Zeit her?"

Verflixt! Er hatte sie nicht angerufen, um ihr zu sagen, dass es später werden würde. Reuevoll wollte er sie in seine Arme nehmen. „Geh bloß weg!", fauchte sie ihn an. „Mir ist viel zu heiß für deine Annäherungsversuche!"

Kleinlaut meinte er dann: „Ich hab vergessen, dir Bescheid zu sagen! Es tut mir leid! Aber jetzt erzähl mir erst einmal, warum du so eine komische Verrenkung mit deinem Mund gemacht hast."

„Das hat uns unsere Yoga-Lehrerin beigebracht, und es ist tatsächlich so, dass sich der Körper bei einer Hitzewelle über die Zunge abkühlt."

Für Hans-Dieter waren Wechseljahre, Menopause, Hitzewellen und Yoga-Tanten wie ein Buch mit sieben Siegeln, und so erzählte er ihr in groben Zügen von seinem Tag, dass sie Herrn Börne gesucht hätten, bei dem Mordfall nicht wirklich weiter kämen und die Neue in der Osteria im Ruhr Park ihren Einstand gegeben hätte.

„Und? Wie findest du sie?"

„Sie scheint ganz in Ordnung zu sein, aber irgendetwas läuft zwischen ihr und diesem Schönefeld. Du kannst sicher sein, dass alle Kollegen sie und ihn mit

Argusaugen beobachten werden. Komm, lass uns ins Bett gehen, und wenn dich wieder eine deiner Wellen überrollt, sorge ich diesmal für Abkühlung!"

Als Hans-Dieter und seine Frau am nächsten Morgen mit dem Frühstück fertig waren, trennten sie sich. Sie wollte noch Einkäufe für das Wochenende machen, und er, sauer, weil er am Vortag in der Nachbarschaft der Villa so wenig erreicht hatte, machte sich auf den Weg in die Waldstraße.

Überraschung! Gleich im ersten Haus öffnete ein Rollstuhlfahrer die Tür. „Guten Tag! Sind Sie Herr Finger?", fragte Hans-Dieter. „Ich bin Kriminalkommissar Bauermann und habe ein paar Fragen an Sie".

Dieser betrachtete ihn abwägend. „Mögen Sie Westernfilme?"

„Na klar. Als 16jähriger habe ich jede freie Minute im Kino verbracht, und vor dem Spiegel zu Hause war ich noch schneller als Lucky Luke und sein Schatten!"

„Dann dürfen Sie hereinkommen!"

Er fuhr in sein Wohnzimmer, und Hans-Dieter folgte ihm. „Na, das ist ja mal was!" Gary Cooper, John Wayne, Maureen O'Hara und noch viele andere Kinohelden von damals blickten ihm von den Wänden entgegen.

„Ja, nicht wahr?", antwortete Herr Finger stolz. „Kennen Sie den?" Er zeigte auf ein großes Foto über dem Fernseher. „Das ist Audy Murphy, der bei einer Schlägerei nie seinen Hut verlor. Immer trug er ein Halstuch mit dem Knoten an der Seite, und bei den Kussszenen musste er sich auf eine Bierkiste stellen, weil er so klein war. Im wirklichen Leben war er übrigens ein hoch dekorierter Soldat, wussten Sie das?"

„Aber natürlich weiß ich das! Ich bin begeistert, Herr Finger. Eine wirklich schöne Sammlung haben Sie da. Aber nun zu dem Grund, warum ich hier bin. Sie wissen bestimmt, dass Herr Direktor Niedermann von nebenan ermordet worden ist."

„Ermordet? Ich dachte, der wäre einfach nur so gestorben."

„Ist Ihnen am Mittwoch Abend gegen 18 Uhr etwas Außergewöhnliches oder gar Verdächtiges hier in der Straße aufgefallen?"

„Nein, überhaupt nicht. Alles war wie immer. Alles ruhig. Als ich mein abendliches Zigarettchen auf dem Balkon rauchte, fuhr der rote Flitzer von dem Neffen vor."

„Und wann war das?"

„So um sieben Uhr."

„Haben Sie gesehen, ob er das Haus betreten hat?"

„Weiß ich nicht. Bin nämlich wieder reingegangen. Es war ganz schön frisch draußen."

Es wurde Hans-Dieter sofort klar, dass Gisbert Niedermann nun etwas zu erklären hatte.

„Vielen Dank, Herr Finger, Sie haben uns mit Ihrer Aussage sehr geholfen. Übrigens, haben Sie damals auch den Film *Spiel mir das Lied vom Tod* mit Claudia Cardinale, Charles Bronson, Henry Fonda usw. gesehen?"

„Aber klar doch!"

KAPITEL 3

„Dieses Schleim scheißende Arschloch!" Zornbebend schmiss Carlotta ihre Handtasche auf den Sessel in ihrer Wohnung und ging schnurstracks in die Küche, um eine Flasche Rotwein zu öffnen. Erst als sie das erste Glas auf ex geleert und das zweite halb ausgetrunken hatte, beruhigte sie sich wieder etwas. Paul war ihnen natürlich in die Osteria gefolgt, und obwohl er sich da mit seinen anzüglichen Bemerkungen zurückgehalten hatte, war ihr der ganze Abend verleidet gewesen.

Sie kannten sich noch aus ihrer Zeit in Hamburg, wo sie als junge Beamtin undercover als Animierdame hinter dem Tresen der *Blauen Lagune* gearbeitet hatte. Ihr Auftrag war, Informationen zu sammeln, die Hinweise auf ein Kölner Drogenkartell ergaben.

Sie war eine recht geschickte Zuhörerin und traf auch genau den richtigen Ton, wenn die Thekengespräche mal etwas derber wurden. Aber sie konnte die Männer auch umgarnen und becircen und ihnen mit seidenweicher Stimme etwas zuraunen. Dann schnurrte sie richtig. Aus diesem Grund wurde sie dann irgendwann *Die Katze vom Kiez.*

In dieser Zeit lernte sie Dr. Paul Schönefeld kennen und lieben. Er war gerade dabei, sich als Gerichtsmediziner zu spezialisieren, aber in seiner freien Zeit betreute er auch die Frauen, wenn sie mal von durchgeknallten Freiern oder ihren Zuhältern zu grob behandelt worden waren.

Carlotta träumte bereits von einer gemeinsamen Zukunft, als er ihr eröffnete, dass er sich demnächst mit einer Kollegin verloben würde.

„Ach komm schon, Katze. Du musst doch einsehen, dass wir nicht zusammenpassen. In deinem Beruf als Polizistin wirst du dich immer wieder mit gemeinem Gesindel herumschlagen müssen, und deine Freundschaft mit den Frauen aus der *Blauen Lagune* finde ich auch nicht so prickelnd. Ich befürchte, dass dein Umfeld langsam auf dich abfärbt."

Damals war sie am Boden zerstört gewesen, und sie hatte lange gebraucht, um darüber hinwegzukommen. Von dem Zeitpunkt an konzentrierte sie sich ganz auf ihre Fortbildung zur Hauptkommissarin.

Beim dritten Glas angekommen – sie hatte es sich bereits auf ihrem Sofa bequem gemacht – musste sie plötzlich kichern. Ihr Ausbruch von eben war ein jäher Rückfall in ihr altes Sprachmuster gewesen und stammte aus der Zeit, als sie und ihre beiden Brüder noch zu Hause bei ihren Eltern lebten. „Wenn das der gute Herr Doktor gehört hätte!"

Am nächsten Morgen war ihr Kopf wieder klar. Sie verließ ihre Wohnung, um frühstücken zu gehen. Die Sonne schien, und sie wollte den schönen Herbsttag genießen. Im Ehrenfeld hatte sich eine alternative Gastronomieszene entwickelt, und sie war froh, dass sie sich bei ihrer Wohnungssuche für dieses kleine kreative Viertel im Norden des Stadtteils Wiemelhausen, also praktisch in Bochum Mitte, entschieden hatte. Das Schauspielhaus war ganz in der Nähe, und zum Bermuda-Dreieck, der bekannten Kneipenszene, hatte sie es auch nicht weit.

Zielstrebig steuerte sie die *Kuchen-Kammer*, ihr Lieblingskaffee, an. Zwei Tage vorher hatte sie es entdeckt und sich bereits mit dem Besitzer angefreundet. Er hieß Leander, und weil er recht groß aber auch sehr dünn war, nannte sie ihn manchmal aus Spaß liebevoll ‚Schlacks'.

„Was geht ab, schöne Frau?" Er beugte sich zu ihr herunter, um ihr rechts und links einen schmatzenden Kuss zu geben. Wie immer war seine Glatze mit einer bunten Wollmütze bedeckt. Sie reichte ihm von den Augenbrauen bis zum mittleren Hinterkopf. Seine langen Beine steckten in einer weiten orangenfarbigen Haremshose. Dazu trug er ein weites Leinenhemd, und die ärmellose Strickweste darüber war offensichtlich aus Wollresten angefertigt.

Carlotta betrachtete ihn belustigt. Amüsiert fragte sie ihn: „Wo hast Du nur diese geschmackvollen Klamotten aufgetrieben? Wo kann man so etwas eigentlich kaufen?"

Leander nahm die Frage völlig ernst und erklärte: „Ach, im *Vintage*-Laden und im *Basar* gleich hier um die Ecke."

Bevor sie sich weiter unterhalten konnten, betrat ein neuer Kunde den Laden.

„Paul! Was machst du denn hier? Verfolgst du mich etwa?"

„Keinesfalls. Ich wohne hier in diesem Viertel, und Leander wird bestätigen, dass er mich kennt. Ich möchte eigentlich nur in Ruhe frühstücken."

Dieser nickte zustimmend, schaute aber interessiert, als Paul sagte: „Wir müssen miteinander reden, Katze. Die Sache zwischen uns ist damals nicht gut gelaufen.

Ich war jung und dumm. Ich bereue unsere Trennung sehr!"

„Carlotta! Ich heiße Carlotta!", riss ihr jetzt endgültig der Geduldsfaden. „Wage es ja nicht, mich noch einmal Katze zu nennen. Und ganz besonders nicht vor meinen Kollegen. Für dich bin ich Hauptkommissarin Carlotta Voß, und ich verlange, von dir in Zukunft mit entsprechendem Respekt behandelt zu werden!"

Hier mischte sich Leander ein. Er nahm ihren Arm, gab seiner Bedienung ein Zeichen, und führte sie in seine blitzsaubere Küche. „Du erzählst, während ich dir mein bestes *Kuchen-Kammer*-Frühstück zubereite."

Als sie später wieder nach vorne kam, stellte sie erleichtert fest, dass Paul bereits gegangen war. Auf eine weitere Runde „Komm, lass uns über alte Zeiten reden" hatte sie keine Lust.

Als ihr Handy klingelte, meldete sich Hans-Dieter. Er berichtete von dem morgendlichen Besuch bei Herrn Finger. Zufrieden nahm sie dessen Aussage zur Kenntnis. Gisbert, dieses Bürschchen, hatte doch wohl nicht etwa gelogen?"

KAPITEL 4

Vor 25 Jahren stand ein kleiner Junge mit geballten Fäusten hinter der Fensterscheibe im Flur des Kinderheims „Sonnenschein" in Langendreer und starrte mit trübem Blick nach draußen. Er war sechs Jahre alt und furchtbar wütend. Die älteren Jungen hatten ihn mal wieder gehänselt, und bei dem nachfolgenden Gerangel war er ausgerutscht und die Treppe heruntergefallen. Bei dem heftigen Sturz hatte er neben zahlreichen Prellungen eine üble Verletzung über dem linken Auge davongetragen. Die Wunde hatte fürchterlich geblutet und musste im Krankenhaus mit sechs Stichen genäht werden.

„Du bist ein Niemand, ein kleines Würstchen, hast keinen richtigen Namen und keiner will dich!", hatten sie zu ihm gesagt. Er wusste, er war ein Findelkind. Ihm war zwar nicht ganz klar, was das bedeutete, aber von Zeit zu Zeit kam diese ältere Dame im grauen Kostüm, um nach ihm zu sehen. Erst als er älter war, verstand er, dass sie vom Jugendamt war. Man hatte ihm damals auch einen Namen gegeben, aber niemand benutzte ihn. Als er anfing zu sprechen, war alles, was er sah und haben wollte KUKA. Er zeigte auf seine Teeflasche und sagte: „KUKA!" Wenn er ein bestimmtes Spielzeug haben wollte, fragte er nach KUKA. Aus diesem Grund nannten ihn dann auch alle so. „Wo ist denn nur wieder dieser KUKA?", hieß es, wenn er sich hinter einem Vorhang oder einem Sessel versteckt hatte.

Als die anderen Kinder, mit denen er schreiben und lesen lernte, zuerst ihre Vor- und Nachnamen übten, hatte er ein Problem. Schließlich hieß er nur KUKA! Er brauchte ein zweites Wort! Und weil er jeden Abend von seinem Bett aus auf die Neonreklame der Pizzeria CALABIA schaute, beschloss er, dass er Calabia Kuka heißen würde. Das machten die Lehrer natürlich nur am Anfang mit. Dann bestanden sie darauf, dass er sich Herbert Krause nannte, wie es das Jugendamt bestimmt hatte.

KAPITEL 5

Jeden Morgen und jeden Abend gab es eine Dienstbesprechung, wobei der Staatsanwalt, Herr Dr. Roth, auch oft zugegen war. Neue Informationen bzw. Erkenntnisse, auch über noch unerledigte Fälle, wurden hierbei ausgetauscht. Allerdings wartete Carlotta immer noch auf die Ergebnisse der DNA-Analyse vom Landeskriminalamt. Unlustig beschäftigte sie sich in der Zwischenzeit mit den alten Akten ihres Vorgängers. Es würde noch Tage dauern, bis sie da den Durchblick bekäme.

Die Frage, woher die gefundenen Rußspuren stammen könnten, hatte sich geklärt. Ein Anruf bei Frau Niedermann ergab, dass an jenem Mittwoch, also dem Todestag, der Bezirksschornsteinfeger den Kamin gereinigt hatte. Und zu dem Gesundheitszustand von ihrem verstorbenen Schwager bestätigte sie, dass er über Unwohlsein geklagt hätte. Mit Rücksicht auf die Trauerfeierlichkeiten hatten sie auf eine weitere Befragung vorläufig verzichtet.

Gisbert Niedermann mit seiner Falschaussage war ein anderer Fall. Den hatten sie am Montag Morgen sofort in der Bank seines Onkels aufgesucht, wo er als freiberuflicher Anlageberater in der Investmentabteilung arbeitete. Bei seinem Anblick erlebten Carlotta und Hans-Dieter eine ziemliche Überraschung. Verschwunden war seine obercoole sportliche Kleidung. Er trug einen gut geschnittenen grauen Anzug, ein weißes Oberhemd, dazu eine rote Krawatte und braune Lederschuhe. Nur sein anzügliches Grinsen, als er Carlotta sah, war unverändert.

Er gab zu, etwas früher vom Nürburgring aufgebrochen zu sein. Das Training war nicht so zufriedenstellend verlaufen, wie er es sich erhofft hatte, und er wollte an dem Abend mit seinem Onkel über die Finanzierung der seiner Meinung nach absolut notwendigen Tuningmaßnahmen am Motor und Fahrwerk seines Autos sprechen. Als er jedoch ins Haus kam, fand er ihn bereits tot im Sessel sitzend vor.

Gisbert war angeblich so betroffen und verwirrt über die beschriftete Stirn, dass er erst einmal in die Küche lief, sein Kaugummi in den Müll spuckte und ein Glas Wasser trank. Er hatte nicht die geringste Ahnung, was das bedeuten sollte. Aber es war ihm klar, dass eine fremde Person in dem Zimmer gewesen sein musste, und er beschloss, sich am besten aus allem herauszuhalten, einfach den Dingen seinen Lauf zu lassen. Selbst seiner Mutter wollte er nichts sagen. Zum Betreten des Hauses hatte er seinen eigenen Schlüssel benutzt, und den Code für die Alarmanlage kannte er auch.

Da man ihm nicht nachweisen konnte, dass er die Stirn seines Onkels mit einem Filzstift bearbeitet hatte, ließen sie es dabei bewenden. Was die schleichende Vergiftung anging, war er jedoch noch nicht aus dem Schneider. Genau wie seine Mutter und alle Angestellten stand auch er unter Verdacht. Interessanterweise befanden sich an der Sherry-Flasche nur die Fingerabdrücke von Andreas Niedermann. Da hatte jemand sorgfältig mitgedacht!

„Das werdet Ihr nicht glauben!" Aufgeregt platzte Philipp Schuster ins Zimmer. Er hielt den PC-Ausdruck vom LKA-Bericht in der Hand. „Hiernach haben wir DNA-Spuren von drei männlichen Personen, die eng miteinander verwandt sein müssen!"

„Nun", sagte Hans-Dieter. „Vom Toten natürlich, und von seinem Neffen. Die sind ja schon mal miteinander verwandt! Bleibt die Frage, welcher andere männliche Verwandte dort gewesen sein könnte."

Carlotta überlegte laut. „Vielleicht hatte der alte Niedermann ja doch einen Sohn. Oder was ist mit dem Bruder, der in Mittelamerika umgekommen ist? Hatte der vielleicht einen Sohn? Und wieso ist man sich beim LKA überhaupt so sicher, dass die dritte Person männlich sein muss?"

„Weil", sagte Paul Schönefeld durch die offene Tür, „Frauen nur zwei X-Chromosomen haben, die Männer dagegen XY. Die gesamte männliche Linie der Familie Niedermann besitzt ein sehr ähnliches Y-Chromosom!"

Er trat ins Zimmer und überreichte der verblüfften Carlotta mit einer tiefen Verbeugung einen wunderschönen Blumenstrauß. „Ich möchte mich bei dir entschuldigen, Carlotta. Ich war in den letzten Tagen wohl nicht ganz bei mir und habe mich schrecklich daneben benommen. Kannst du mir verzeihen?" Kühl, doch etwas besänftigt, nahm sie ihm die Blumen ab, verzog aber trotzdem keine Miene. Daraufhin verließ Paul augenzwinkernd das Zimmer.

Carlotta nahm den Faden wieder auf. „Wir müssen mehr über die Familie und das Vorleben des Toten herausfinden. Welche Beziehungen hatte er zu welchen Frauen? Wir werden seine Schwägerin danach fragen, wenn wir sie uns gründlicher vornehmen. Vielleicht wissen ja auch die Angestellten etwas. Die müssen wir sowieso noch alle unter die Lupe nehmen." Sie schaute auf die Uhr. „Es ist noch früher Nachmittag. Kollege Bauermann und ich fahren jetzt zur Villa."

Sie nahm den Blumenstrauß und warf ihn mit einem spitzbübischen Grinsen in den Papierkorb.

Frau Niedermann, diesmal in tiefschwarz, öffnete ihnen mit ihrer gewohnt herablassenden Art die Tür. „Können Sie mich nicht in Ruhe lassen? Die Beerdigung war erst gestern, und ich habe für Ihre absurden Fragen keine Zeit!"

„Absurd?", fragte Carlotta. „Wohl eher berechtigte Fragen, würde ich sagen. Wie wir Ihnen bereits mitgeteilt haben, ist Ihr Schwager an einer Überdosis Digitalis gestorben. Wir können doch sicher davon ausgehen, dass er sich nicht selbst vergiften wollte. Also sind wir verpflichtet, Ihnen diese Fragen zu stellen."

„Sind Sie im Besitz von Digitalis?", fragte Hans-Dieter, der böse Bulle.

„Nein."

„Wissen Sie, ob von den Angestellten jemand herzkrank ist?"

„Nein."

„Wer hatte alles Zugang zum Kaminzimmer, also der Sherry-Flasche?"

„Praktisch jeder, der hier arbeitet, sowie auch Besucher."

„Wer sind denn die Leute, die hierher zu Besuch kommen?", fragte Carlotta.

„Freunde und Bekannte. Und Frau Dr. Schulte, die Heimleiterin von nebenan, kommt regelmäßig einmal in der Woche. Meistens am Mittwochnachmittag, wenn ich meine Bridge-Partnerinnen treffe. Ach, sein Freund

und Anwalt ist kürzlich hier gewesen. Sie spielen zusammen Schach. Dann kommen auch manchmal Mitarbeiter der Bank vorbei. In den letzten Wochen hat uns auch mein Neffe besucht. Das ist der Sohn meines verstorbenen Schwagers, Dr. Wolfram Niedermann."

Sofort machte es ‚Klick' bei Carlotta. „Y-Chromosom!!!"

Auch Hans-Dieter blickte angespannt.

„War das ein rein verwandtschaftlicher Besuch?", fragte Carlotta.

„Nein, er wollte Geld für den Bau eines Krankenhauses in Kolumbien. Aber mein Schwager hat abgelehnt. Die Null-Zins-Politik der EZB zeigt mittlerweile Folgen, und wahrscheinlich wird demnächst eine unserer Filialen geschlossen werden müssen."

„Hat er von einem Projekt namens Calabia Kuka gesprochen?"

„Nein, nicht dass ich wüsste."

„Wir brauchen unbedingt seinen Namen und seine Anschrift!"

„Er ist ja nur zu Besuch hier und wohnt bei einem Freund. Er trägt den Namen seiner Mutter und heißt Ernesto Fuertes. Wie der Freund allerdings heißt, weiß ich nicht."

„Wir müssen diesen Ernesto Fuertes unbedingt ausfindig machen!", sagte Carlotta zu Hans-Dieter.

Dann wandte sie sich wieder an Frau Niedermann: „Wie sieht es mit Damenbesuch aus? Ich meine, bestand eine feste Beziehung zu irgendjemandem?"

„Schon lange nicht mehr!", sagte sie verächtlich. „Früher sah das allerdings anders aus. Andreas war ein richtiger Weiberheld, und die Frauen liefen scharenweise hinter ihm her. Er konnte sehr charmant sein, und er selbst fand sich unwiderstehlich!"

„Und Sie selbst? Fanden Sie ihn auch unwiderstehlich?", mischte sich Carlotta ein.

„Darauf antworte ich nicht!" Frau Niedermann wurde langsam ungeduldig.

„Ist Ihnen bekannt, ob aus einer seiner Beziehungen ein Kind hervorgegangen ist?"

„Unmöglich! So etwas wüsste ich!"

„Vielen Dank vorerst. Nun möchten wir noch die Angestellten befragen. Wer ist denn heute anwesend?"

„Eigentlich alle, weil ich im Moment hier jede Hand gebrauchen kann."

Carlotta und Hans-Dieter befragten dann die Angestellten in einem separaten Raum. Keiner war im Besitz von Digitalis. Keiner wollte dem alten Niedermann etwas Böses. Ja, er war in den letzten Tagen oft unpässlich. Nein, ihres Wissens hatte er keinen Sohn. Schwerenöter früher, ja. Dabei erinnerte sich die Putzfrau an etwas. Ihre Mutter, die vor Jahren auch für die Niedermanns gearbeitet hatte, erwähnte einmal eine junge Angestellte, die damals sehr in den Herrn Direktor verliebt gewesen sei. Das müsste schon mehr als 30 Jahre her sein. „Das arme Ding", hatte ihre Mutter gesagt. „Noch so jung. Daraus konnte doch nichts werden!" Plötzlich wäre sie aber verschwunden gewesen, und niemand hätte je wieder etwas von ihr gehört!

„Erinnern Sie sich noch an den Namen der jungen Frau?"

„Nein, aber ich kann gerne meine Mutter fragen. Die hat ein unglaubliches Gedächtnis für solche Sachen."

„Tun Sie das bitte", sagte Carlotta.

„Rufen Sie uns an", sagt Hans-Dieter und gab ihr seine Karte.

Wieder zurück im Büro rief Carlotta den Kollegen zu: „Haltet Euch fest! Wir haben die dritte DNA-Spur! Dieser Bruder, der verstorbene Arzt, hatte auch einen Sohn. Ernesto Fuertes heißt er. Er hat jede Menge Gelegenheiten gehabt, den Sherry zu präparieren. Bleibt allerdings die Frage, wie er trotz Alarmanlage unbemerkt ins Haus gelangen konnte, um seinem Onkel Calabia Kuka auf die Stirn zu schreiben. Und vor allem wieso!"

„Vielleicht hat ihn Niedermann persönlich reingelassen!" meinte Hans-Dieter.

„Egal wie, wir müssen dringend mit ihm reden!", fuhr Carlotta fort. „Da er nur zu Besuch ist, wohnt er angeblich bei einem Freund, von dem wir aber leider keinen Namen haben. Also, an die Arbeit, meine Herren!"

Als sie sich umdrehte, hörte sie im Hinausgehen hinter sich ein deutliches „Miau!"

KAPITEL 6

Schwitzend betrat er schnell seine Wohnung, die er nach dem Tod seiner Adoptivmutter übernommen hatte. Als er sich in dem großen Ankleidespiegel sah, schmunzelte er vergnügt vor sich hin. Die Verkleidung als stinkender Trunkenbold war ihm mal wieder ausgezeichnet gelungen. Er zog die papierdünne künstliche Haut von seinem Gesicht ab, und über seinem linken Auge wurde eine Narbe sichtbar, die im Laufe der Jahre ihr schlimmstes Aussehen verloren hatte. Dann befreite er sich von seiner dicken, alten Jacke, entledigte sich seiner weiten Hose samt Hosenträgern und schnallte das Bauchkissen ab. So, jetzt noch schnell in die Dusche, um den Geruch des Fusels loszuwerden, den er über sich ausgeschüttet hatte, und dann war seine Welt wieder eine andere. Seine Kleidung würde er morgen wieder ins Theater zurückbringen, wo er im Keller einen großen Koffer stehen hatte.

Mit dieser Verkleidung beobachtete er die Villa Niedermann schon seit einer Woche, und beim ersten Mal wurde es gleich ganz schön brenzlig, als er mit dem Polizisten zusammenstieß. „Anton Unbekannt!" Er musste laut über sich selber lachen.

Als er sich vor einiger Zeit seinem Vater vorstellen wollte, hatte man ihn gar nicht erst zu Wort kommen lassen. Kaum hatte er ‚Sohn' ausgesprochen, hatte man ihm auch schon die Tür vor der Nase zugeschlagen. Alle nachfolgenden Versuche verliefen ähnlich. Es war ihm unbegreiflich, er hatte doch nicht die Pest! Dabei wollte er gar nichts von seinem Vater. Jedenfalls kein Geld! Er wollte nur mit ihm reden, ihn kennen lernen!

Aus diesem Grund war er auch, diesmal als Schornsteinfeger verkleidet, über das Dach des Altenheims durch den Kamin in das Haus eingestiegen. Als er dann endlich vor ihm stand, war sein Vater aber bereits tot, und er war maßlos enttäuscht. Es war ihm wichtig, ihm noch eine persönliche Botschaft zu hinterlassen. Vom Schreibtisch im Arbeitszimmer holte er sich einen Filzstift. Als er ihm CALABIA KUKA auf die Stirn geschrieben hatte, sagte er: „Du hast mir zwar deinen Namen nicht geben wollen, aber dafür schenke ich dir meinen. Ich hoffe, du wirst damit beerdigt!"

Leider wurde er durch das röhrende Motorengeräusch eines herannahenden Autos gestört. Diesen Sound kannte er. Es war das Auto seines Vetters! Er ging zur Terrassentür und versuchte, den Sicherheitsriegel zu entsperren, wobei er sich leicht am Daumen verletzte. Fluchend musste er einsehen, dass er hier das Haus nicht verlassen konnte, wollte er nicht die Alarmanlage auslösen. Gisbert war bereits an der Haustür, als er schnell zum Kamin zurückhuschte und wieder auf das Dach hochkletterte.

KAPITEL 7

In gedämpfter Stimmung ging Carlotta am Montag zur Arbeit. Dass die Kollegen über die *Katze vom Kiez* Witze machten, war ihr nicht entgangen. Paul, dieser Blödmann, hatte unbedacht etwas öffentlich gemacht, was eigentlich unter Verschluss hätte bleiben sollen. Selbst in ihrer Personalakte wurde der damalige Undercover-Einsatz nicht mehr erwähnt. Zu ihrem Schutz, denn wenn jemand aus der Drogenszene durch einen unglücklichen Zufall erfahren würde, dass die ehemalige Bardame aus der *Blauen Lagune* in Wirklichkeit bei der Polizei war, würde sie möglicherweise ein Problem bekommen.

Zum Glück hatte sie damals ganz anders ausgesehen. Mit Belustigung dachte sie an ihre rote langhaarige Lockenperücke und die mehr als freizügig geschnittenen Korsagen. Dazu noch eng anliegende Latexhosen und High Heels. Die übertriebene Schminke in ihrem Gesicht tat ihr Übriges. Die Frauen, mit denen sie befreundet war, traf sie meistens nur in der Bar. Nie verabredete sie sich mit ihnen außerhalb von St. Pauli, so dass niemand etwas von ihrem Doppelleben erfahren konnte.

Diese Überlegungen brachten sie wieder zurück zu der Frage, auf welche Art sie die Kollegen zum Schweigen bringen könnte. Sie würde mit Paul reden müssen!

Temperamentvoll wurde die Tür zu ihrem Büro aufgerissen und ein kleiner, dicker Mann in einem dunkelgrünen Lodenmantel betrat den Raum. Sie schätzte sein Alter auf Anfang fünfzig. In der rechten Hand hielt er eine zusammengerollte Tageszeitung und in seiner linken die Leine zu einem lebhaften Zwergpinscher, der freudig hechelnd auf Carlotta zustürmen wollte. „Sitz, Bruno! Aus!", schnauzte er den Hund an.

Erstaunt betrachtete Carlotta Mann und Hund. Bevor sie aber etwas sagen konnte, wurde die Zeitung auf ihren Tisch geknallt.

„Wer hat denn diese Schweinerei zu verantworten?", fragte er und zeigte auf die große Überschrift auf der ersten Seite.

MORD! Ehemaliger Bankdirektor vergiftet in seinem Haus aufgefunden. Wer ist der Mörder?

Carlotta lehnte sich in ihrem Stuhl zurück und atmete erst einmal tief durch. „Und Sie sind?", fragte sie dann.

„Ich bin der Leiter dieser Dienststelle, Frau Voß. Robert Seitz. Wir haben uns vor ein paar Wochen telefonisch kennengelernt, als wir Ihr Einstellungsgespräch geführt haben. Gestern komme ich nach Hause und finde den Totenbrief in meiner Post. Was ja schon ein großer Schock ist, denn ich kenne die Familie Niedermann. Und heute Morgen muss ich in der Zeitung lesen, dass meine Leute offenbar Informationen weitergegeben haben, die noch von ermittlungstechnischer Relevanz sind!"

Carlotta zuckte mit den Schultern. „Ich habe nicht mit der Presse gesprochen und die Kollegen, glaube ich, auch nicht. Allerdings kenne ich sie vielleicht noch nicht gut genug."

„Wie dem auch sei. Wenn ich herausfinde, wer seinen Mund nicht gehalten hat, gibt es für denjenigen

Konsequenzen!" Robert Seitz ging zur Tür, drehte sich dann aber wieder um und kam zu ihr zurück.

„Verzeihen Sie, Frau Voß, dass ich Sie noch nicht begrüßt habe", und er streckte ihr seine Hand hin. Beide drückten sie fest zu und beide schauten sich überrascht an. Er räusperte sich. „Willkommen im Team. Ich bin sehr gespannt auf eine Zusammenarbeit mit Ihnen, denn Ihr guter Ruf als Ermittlerin in besonders heiklen Fällen ist Ihnen vorausgeeilt."

Carlotta zuckte innerlich zusammen. Der meinte doch nicht etwa...?

„Wissen Sie", fuhr er fort. „Wir können hier ein bisschen frischen Wind vertragen, und Sie als einzige Frau unter den Ermittlern werden bestimmt für Abwechslung sorgen!" Er zwinkerte ihr zu und sagte: „Kommen Sie mit!"

Sie hörte, wie er zu der Sekretärin sagte: „Ach, Blümchen, schön Sie zu sehen! Würden Sie mir wohl meinen Mantel und den Hund abnehmen? Bruno wurde mir heute Morgen von meiner Frau aufs Auge gedrückt, weil sie zum Frisör wollte. Wie sieht es aus, haben Sie eine Tasse Kaffee für mich?"

Carlotta stand auf und folgte ihm zu den anderen Kollegen, wo auch Hans-Dieter bereits anwesend war.

„So, nun legt mal los! Ich will alles bis ins kleinste Detail über den Fall Niedermann wissen. Über die Banküberfälle sprechen wir danach." Sie brachten ihn auf den letzten Stand der Ermittlungen, und Carlotta schloss mit den Worten: „...und jetzt sind wir auf der Suche nach dem dringend tatverdächtigen Ernesto Fuertes."

„Ernesto Fuertes?", rief Philipp Schuster fragend und schlug sich vor die Stirn. „Dass mir das nicht eher eingefallen ist! Den Namen habe ich doch schon mal gelesen. Moment!" Er durchwühlte die Akten auf seinem Schreibtisch. „Hier! Ein Bericht vom LKA, dem wir in Sachen Banküberfälle zuarbeiten. Beim letzten Mal wurde die Gasflasche, die zur Sprengung des Geldautomaten benutzt wurde, offensichtlich unsachgemäß gehandhabt, so dass einer der Bankräuber ums Leben kam. Und das war Ernesto Fuertes. Die Identifizierung des Toten war nicht so einfach, aber letztlich hatte man seinen Namen doch herausgefunden. Sein Ausweis befand sich unter der Einlegesohle in seinem Schuh! Übrigens, die Fahndung nach dem zweiten Täter läuft immer noch!"

„War der so sauer auf seinen Onkel, dass er den grandiosen Plan fasste, sich auf diese Art Geld zu beschaffen? Das ist doch unglaublich! Mit den relativ geringen Summen aus den Automaten kann man ganz sicher kein Krankenhaus bauen! Wann war denn das?"

Carlotta schaute Philipp Schuster an. „Am 15. Oktober", antwortete dieser.

„So ein Mist! Er könnte zwar immer noch unser Digitalis-Mörder sein, aber für die Beschriftung der Stirn seines Onkels am 17. Oktober kommt er nicht mehr infrage."

„Ich bin fassungslos!", sagte Herr Seitz. „Ein Niedermann als Bankräuber? Das ist doch absurd! Warum wurde die Familie nicht benachrichtigt?"

„Wie denn? Wer bringt schon Ernesto Fuertes mit denen in Verbindung? Und gemeldet war er auch nirgendwo!"

„Seine Tante erzählte, dass er nur zu Besuch gewesen sei und bei einem Freund gewohnt habe. Er wollte von seinem Onkel Geld für ein Krankenhaus haben, und als dieser ablehnte, war er ziemlich wütend", sagte Carlotta. „Wir sollten die Zentrale von *Ärzte ohne Grenzen* in Kolumbien kontaktieren. Die werden sicher mehr über ihn wissen. Außerdem würde mich brennend interessieren, ob man ihn mit Digitalis in Verbindung bringen kann. Als Mörder ist er für mich noch nicht aus dem Schneider!"

Robert Seitz fasste abschließend zusammen: „Suche nach dem unbekannten Freund. Kontaktaufnahme mit *Ärzte ohne Grenzen*. Absolute Informationssperre gegenüber der Presse!" Dann ging er rüber ins Sekretariat, wo ihm Eva Blum mit einer schuldbewussten Miene entgegensah.

„Was ist, Blümchen? Ist Ihnen etwa der Kaffee ausgegangen?"

„Nein, Chef, aber für den Artikel in der Zeitung bin ich verantwortlich. Sie waren ja nicht da, und der Journalist hatte mich am Telefon so gelöchert, dass ich am Ende doch ein paar Einzelheiten verriet. Ich hatte ja keine Ahnung, was dieser Schmierfink daraus machen würde!"

Sie sah so unglücklich aus, dass er ihr seufzend auf die Schulter klopfte und zusammen mit Bruno in seinem Büro verschwand.

Der nächste Tag brachte folgende Erkenntnisse: Der Freund blieb unauffindbar. Der Anruf in Kolumbien ergab, dass Ernesto Geld und Medikamente auftreiben wollte. Ganz speziell auch für seine Mutter, die seit Monaten nach einem Reitunfall im Wachkoma lag. Bei der Erwähnung der Medikamente wurde Carlotta aufmerksam. Hatte er vielleicht die hiesigen Krankenhäuser aufgesucht? Da musste man doch mal nachfragen, und Hans-Dieter und sie verbrachten die nächsten Stunden am Telefon. Am Ende kam dabei heraus, dass Ernesto ein überzeugender Bittsteller gewesen sein musste. Die Krankenhausapotheken gaben an, ihn mit umfangreichen Arzneimittelspenden bedacht zu haben. Und Digitalis-Ampullen waren auch dabei.

„Da haben wir es doch! Er könnte unser Mörder gewesen sein!", sagte Hans-Dieter.

„Stimmt!", sagte Carlotta. „Aber wir müssen immer noch den nächtlichen Besucher finden, der Calabia Kuka geschrieben hat."

In diesem Moment kam Robert Seitz zu ihnen. „Übermorgen ist der 1. November! Sie und Ihre Kollegen sind herzlich eingeladen, an der Halloween-Party morgen Abend teilzunehmen, die sich meine Frau in den Kopf gesetzt hat. Selbstverständlich können Sie auch Ihre Partner mitbringen."

„Vielen Dank für die Einladung", sagte Carlotta. Auch Hans-Dieter beeilte sich, seinen Dank auszusprechen. „Da wird sich meine Frau aber freuen. Wir haben noch unsere Kostüme vom vergangenen Jahr. Das wird sicher ein großer Spaß."

Kostüme? Carlotta suchte krampfhaft nach einer Ausrede. Da kam ihr eine Idee, und in Gedanken begann sie schon, an einer Strategie zu arbeiten.

Herr Seitz, der ihr Zögern bemerkte, sagte: „Nun sagen Sie schon ja. Es werden auch ein paar Leute vom Präsidium anwesend sein. Diese Kontakte sind wichtig für Sie!"

„Mir steht aber im Gegensatz zu Herrn Bauermann keine Kostümauswahl zur Verfügung. Bisher war ich nur einmal auf einem Kostümfest, und da bin ich als *Lara Croft* gegangen. Diese Sachen habe ich zwar noch, aber für eine Halloween-Party?"

„Das ist doch wunderbar! Setzen Sie sich noch eine Hexen-Maske auf, und alles ist perfekt!", strahlte er sie an.

Als Carlotta nach Hause kam, holte sie erst einmal Pauls Visitenkarte aus ihrer Tasche. Sie hatte sie in seinem Blumenstrauß entdeckt, als sie nach der Befragung von Frau Niedermann wieder ins Büro zurückgekommen war. Sie rief ihn an und erinnerte ihn daran, dass er ihr noch etwas schuldig war. Dann erklärte sie ihm ihren Plan.

Am Mittwoch, zwei Stunden vor der Party, begann sie mit der Verkleidung. Wie Angelina Jolie in dem Film *Die Wiege des Lebens* zog sie ein silbergraues Catsuit an. Zur Betonung ihrer Oberweite trug sie darunter einen Push-up-BH, womit sie eine beachtliche Wirkung erzielte. Dann legte sie sich den Waffengürtel um, an dem rechts und links Pistolenhalfter hingen, die zusätzlich an den Oberschenkeln befestigt wurden. Sie steckte die typischen Lara-Croft-Waffen hinein und hängte sich eine Armbrust auf den Rücken. Dann setzte sie sich eine wilde schwarze Langhaarperücke auf den Kopf. Mit dem Kajalstift zog sie kräftige Linien um ihre Augen und ihren Mund betonte sie großzügig mit einem knallroten Lippenstift. Aber nun kam der Clou, ihr Tribut an Halloween: Ein paar ihrer sonst schneeweißen Zähne färbte sie mit einem Pinsel schwarz ein! Die Wirkung war verblüffend!

Paul ging als *Glöckner von Notre Dame*. Dieses Kostüm hatte er noch im Schrank. Wie verabredet gingen sie getrennt zu der Party. Er war zuerst da, und als Carlotta erschien, breitete er seine Arme aus. Theatralisch rief er: „Meine Damen und Herren, hier kommt die *Lara Croft von Bochum-Harpen*!"

Ihre Erscheinung schlug ein wie eine Bombe und ihr Auftritt war gelungen. Einige ihrer Kollegen stießen laute Pfiffe aus und bewundernde Blicke folgten ihr. Als Antwort öffnete sie ihren Mund zu einem breiten Grinsen und erntete schallendes Gelächter für ihre Gruselzähne.

Ihr Chef, der ihr zufrieden zunickte, machte sie mit seiner Frau und den anderen Gästen bekannt. Es wurde viel gelacht, getrunken und getanzt. Paul erledigte seine Aufgabe mit Hingabe. Bei jeder Gelegenheit ging er auf Carlotta zu und nannte sie seine Lara Croft. Am Ende der Feier trank sie mit ihren Kollegen Brüderschaft und ihr neuer Spitzname La Croft war in den Köpfen der Männer fest verankert.

Am nächsten Morgen wachte Carlotta nur zögernd und mit heftigen Kopfschmerzen auf. Nur gut, dass heute ein Feiertag war, dachte sie benommen. Als sie plötzlich barfüßige Schritte hörte, riss sie erschrocken die Augen auf. Ein nackter Mann stand vor ihrem Bett. Er hielt ein Frühstückstablett in seinen Händen und schaute auf sie herunter. „Guten Morgen La Croft!", sagte Paul zärtlich. Laut aufstöhnend zog sie sich die Bettdecke über den Kopf!

KAPITEL 8

Er musste unbedingt die Sachen von Ernesto loswerden! Sorgenvoll schaute er sich im Zimmer um, wo die Kartons mit den gespendeten Medikamenten und dem Geld standen. Wie konnte es nur passieren, dass sich der Junge selber in die Luft sprengte? Er hatte bis heute keine Ahnung, was da schief gelaufen war.

Die Bekanntschaft mit Ernesto hatte er gemacht, als er ihn vor ein paar Wochen in der Nähe der Villa Niedermann um Feuer gebeten hatte. Geschickt hatte er ihn in ein Gespräch verwickelt, wobei sich zu seiner Überraschung herausgestellt hatte, dass es sich um seinen Verwandten handelte. Spontan hatte er Ernesto angeboten, für die Zeit seines Aufenthaltes in Deutschland in sein Gästezimmer zu ziehen. Darüber, dass sie Vettern waren, hatte er ihn aber nicht aufgeklärt.

Ernesto war während seines Aufenthaltes viel unterwegs gewesen. Er hatte einige Krankenhäuser aufgesucht und Kontakte mit Pharmaunternehmen gemacht, um Medikamente zu sammeln. Außerdem hatte er einen Bekannten gehabt, mit dem er manchmal bis spät in der Nacht zusammen gewesen war. Über den hatte er aber nie viel erzählt. Von seinen Besuchen bei seinem Onkel war er allerdings jedes Mal immer wütender zurückgekommen.

Eines Tages hatte er entdeckt, dass sich in den Kartons seines Vetters auch ein großer Betrag an Bargeld befand. Ernesto war an dem Tag nicht da gewesen, und er hatte die Kartons an die Seite geschoben, um an einen Schrank zu kommen, in dem er Unterlagen aufbewahrte. Dabei war eines der Pakete umgekippt, und zu seinem Erstaunen waren nicht nur Medikamente herausgefallen, sondern auch eine ganze Menge an Geldscheinen. Hatte Ernesto etwa auch Spendengelder gesammelt? In bar? Höchst unwahrscheinlich!

Natürlich hatte er ihn bei nächster Gelegenheit zur Rede gestellt, und ungläubig hatte er der stockend vorgetragenen Erklärung gelauscht. Ernesto hatte gestanden, zusammen mit seinem Kumpel einige Geldautomaten der Niedermann-Bankfilialen aufgesprengt zu haben. „Wozu denn das?", hatte er ihn entgeistert gefragt. „Das Geld für ein Krankenhaus bekommst Du auf diese Art doch nie zusammen!" „Ich will es für die Behandlung meiner Mutter!", war als Antwort gekommen.

Das hatte er verstehen können. Diese kleinen Verluste wurden sowieso sofort wieder ersetzt und taten niemandem weh. Über die Einzelheiten hatte er dann aber doch nichts hören wollen. Als Mitwisser hatte er sich ohnehin schon strafbar gemacht.

Als er in den Nachrichten gehört hatte, dass bei einem Überfall einer der beiden Bankräuber durch einen Fehler mit der Gasflasche zu Tode gekommen sei, hatte er ein ungutes Gefühl gehabt. Als Ernesto auch in den darauffolgenden Tagen nicht aufgetaucht war, hatte er seine Ahnung bestätigt gefunden. Die Polizei hielt zwar alle Informationen zurück, aber nicht mehr lange, dann wäre der Name seines Vetters öffentlich.

Er beschloss, die Medikamente und das Geld unter Verwendung von Ernestos Namen an Ärzte ohne Grenzen in Kolumbien zu schicken. „Für meine Mutter" würde in den Begleitpapieren der Sendung stehen.

KAPITEL 9

Am Freitagmorgen saß Carlotta grübelnd an ihrem Schreibtisch. Wie konnte das passieren? Sie hatte mit Paul geschlafen! Schuld war vor allem diese blöde Halloween-Party! Zugegeben, Pauls Anblick vor ihrem Bett mit dem Frühstückstablett in seinen Händen konnte ein erkaltetes Frauenherz schon erwärmen. Ganz zu schweigen von dem irritierenden Ausdruck in seinen Augen! Nur gut, dass sie dann doch schnell zur Besinnung gekommen war. Sie zwang sich zu Gelassenheit und entschied, erst zu frühstücken, dann zu reden! Carlotta seufzte auf. Sie musste sich endlich wieder auf ihre Arbeit konzentrieren und beschloss, zuallererst Calabia Kuka zu googeln. Es war ihr schleierhaft, warum sie nicht schon längst auf diese Idee gekommen war.

Aber da hörte sie Philipps Stimme. „Ist La Croft schon da?" „In ihrem Büro", kam die Antwort. Und schon kam er durch die Tür und strahlte sie an. „Guten Morgen, Carlotta!"

„Guten Morgen", antwortete sie missmutig. Musste der Mann eine dermaßen gute Laune haben?

„Ich habe den Namen!", sagte er.

„Welchen Namen?"

„Na, den Namen von dem jungen Mädchen, mit dem der alte Niedermann damals ein Verhältnis hatte!"

„Und?", fragte Carlotta, langsam ungeduldig.

„Sie hieß Anja Ackermann."

„Was ist aus ihr geworden?"

„Das weiß niemand!"

Hans-Dieter gesellte sich zu ihnen. „Guten Morgen allerseits!"

„Aber", fuhr Philipp triumphierend fort „die Mutter der Putzfrau glaubt, sie noch einmal in Langendreer gesehen zu haben, und zwar in der Nähe des Krankenhauses. Und sie könnte schwanger gewesen sein, so rund, wie ihr Bauch war!"

Carlotta sprang von ihrem Stuhl hoch. „Dann finden wir sie auch! Wir haben ihren Namen, sie war wahrscheinlich schwanger, und irgendwo wird sie ja dann auch entbunden haben. Also setzt euch mit dem Einwohnermeldeamt, dem Standesamt und den umliegenden Krankenhäusern in Verbindung!"

„Das ist jetzt schon so lange her", meinte Hans-Dieter. „Das wird nicht so einfach sein, wie du dir das vorstellst. Die Unterlagen befinden sich bestimmt schon in irgendwelchen Kellern!"

„Mir egal!", sagte Carlotta. „Fangt ihr schon mal an, herumzutelefonieren. Ich google mal eben Calabia Kuka. Das wollte ich vorhin schon machen."

Bei der Suche nach den beiden Begriffen im Internet erfuhr sie, dass Calabia offensichtlich nur ein italienischer Name war. Es gab Ingenieure, Musiker und Schriftsteller, die so hießen. Sogar eine Pizzeria in Langendreer nannte sich so. Und KUKA war eine Firma, die Roboter herstellte. Also, was hatte das jetzt zu bedeuten? Wo war die Verbindung zu Niedermann? Sie informierte Philipp und Hans-Dieter, aber auch sie waren ratlos.

Carlotta wandte sich an Philipp. „Du hast gesagt, dass Anja Ackermann in der Nähe des Knappschaftskrankenhauses gesehen worden ist. War sie dort vielleicht in Behandlung oder hat sie sogar da entbunden? Hans-Dieter, du und ich, wir rufen jetzt alle umliegenden Krankenhäuser an, und du, Philipp, kümmerst dich um die Ämter. Heute Nachmittag tauschen wir dann unsere Informationen aus!"

Gute fünf Stunden später saßen alle drei frustriert in Carlottas Büro. „So ein Mist!", sagte sie. „Ich habe nicht gewusst, dass Krankenhausakten nach 30 Jahren vernichtet werden. Ihr vielleicht? Beim Standesamt gibt es ein Geburtenregister, aber da dort ausgerechnet heute der Datenserver ausgefallen ist, müssen wir uns noch in Geduld üben. Vielleicht haben wir in der nächsten Woche mehr Glück. Was die Akten angeht, so landen diese irgendwann im Stadtarchiv, aber alles, was vor 1994 existiert hat, ist wegen Schimmelbefalls vernichtet worden. Beim Einwohnermeldeamt konnte man sie bisher noch nicht finden."

„Ich hab noch eine Idee", meldete sich Hans-Dieter zu Wort. „Allerdings werdet Ihr sie ziemlich absurd finden. Meine Tante Käthe im Heim teilt sich ihr Zimmer mit einer alten Nonne, die früher Schwester im Maria-Hilf-Krankenhaus in Gerthe war. Und die hat eine ganze Kiste voller Tagebücher. Ich hab sie selber gesehen. Leider ist die Frau blind, und mit ihren 89 Jahren manchmal schon etwas verwirrt. Wenn ich sie fragen würde, ob ich mal einen Blick in die Bücher werfen dürfte, wäre sie bestimmt damit einverstanden. Denn sie kennt mich ja!"

Carlotta schaute ihn skeptisch an. „Also wenn sie früher in Langendreer gearbeitet hätte, würde die Suche ja noch Sinn machen. Aber so? In Gerthe? Allerdings wäre es ein Riesenknaller, wenn du etwas finden würdest! 31 Jahre altes Geheimnis um Mutter und Kind durch Tagebücher einer Nonne aufgedeckt!! Ich sehe schon die Schlagzeile!"

„Meine Frau und ich sind am Wochenende sowieso immer zu Besuch bei meiner Tante. Es kann ja nicht schaden, wenn ich mir die Kiste einmal vornehme."

„Ach ja, wir haben ja schon wieder zwei Tage frei. Habt ihr euch schon etwas vorgenommen? Hans-Dieter will eine Nonne besuchen! Und du, Philipp?"

„Morgen gehe ich nachmittags zum Handballtraining, und abends werde ich mit ein paar Freunden um die Häuser ziehen. Wahrscheinlich landen wir später aber doch wieder im Sachs, wo immer etwas los ist. Komm doch einfach mit uns! Ich spendiere dir auch einen super coolen Cocktail im Pearl'z, der neuen Bar im Bermuda-Dreieck."

„Gern. Den Cocktail bezahle ich aber selbst!"

KAPITEL 10

Hans-Dieter und seine Frau Monika saßen mit Tante Käthe in der Cafeteria des Seniorenheims und aßen ein Stück Maulwurftorte. Hoch kalorisch, versteht sich.

„Sag mal, Tante Käthe, wie geht es eigentlich Schwester Agathe?", fragte Hans-Dieter. Diese war völlig damit beschäftigt, ihr total verknotetes Häkelläppchen zu entwirren.

„Tante Käthe?"

„Ja, ja, ich sach dir watt! Die schläft ja immer! Aber ich bin auch schon müde. Ich glaub, ich geh ins Bett!"

Monika schluckte schnell ihren letzten Bissen Kuchen herunter und war im Begriff, eilfertig aufzustehen, als Hans-Dieter abwinkte.

„Lass mal, ich mach das. Komm, Tante Käthe, ich bring dich in dein Zimmer!"

Dort angekommen, stellten sie fest, dass Schwester Agathe gar nicht in ihrem Bett lag. Hans-Dieter schaute um die Ecke. Dort saß sie nämlich am Tisch in der kleinen Küche der Station und trank gerade Kaffee aus ihrer Schnabeltasse. Trotz ihrer Blindheit hatte auch sie mit angeborener Eleganz ein Stück Kuchen gegessen.

„Guten Tag, Schwester Agathe. Wie geht es Ihnen?", fragte Hans-Dieter.

„Danke, es geht mir gut! Ich kann nicht klagen!", antwortete sie.

„Schwester Agathe, Sie haben mir doch erzählt, dass sie viele Jahre eine Art Tagebuch geführt haben. Wissen Sie das noch?"

„Ja, für jedes Jahr eins!"

„Und wie viel Jahre waren das?"

„Ganz viele!"

„Haben Sie darin auch Ihre Arbeit im Krankenhaus erwähnt?"

„Im Maria Hilf", nickte sie.

„Ihre Arbeit mit den vielen Menschen war sicher sehr vielseitig. Und dann die Säuglingsstation, die war doch bestimmt Ihr Lieblingsort!"

„Ja, das stimmt", lächelte sie, und dann sagte sie gedankenverloren: „Manche schaffen es aber nicht!" Sie versank in tiefes Schweigen. Nach einer Weile räusperte sich Hans-Dieter.

„Darf ich mir Ihre Tagebücher einmal anschauen, Schwester Agathe?" Aber diese war eingeschlafen und schnarchte leise vor sich hin. Er erhob sich vorsichtig und ging hinüber zum Zimmer seiner Tante. Diese hatte sich in voller Montur auf ihr Bett gelegt, und mit geschlossenen Augen murmelte sie: „Ich sach dir watt..!" „Ja, was denn?", fragte er und beugte sich zu ihr hinunter. Da kein weiteres Wort folgte, ging er schnell zum Schrank von Schwester Agathe und holte die Kiste mit den Tagebüchern heraus. Auf dem kleinen viereckigen Tisch vor dem Fenster packte er alle aus.

Es waren keine Tagebücher im herkömmlichen Sinne, sondern vor ihm befanden sich Jahreskalender in der Größe eines Gesangbuches. Für jeden Tag gab es eine Seite. Er stapelte immer zehn Stück, geordnet nach den Jahreszahlen, übereinander. Es waren insgesamt 71 Stück, und nachdem er schnell 31 Jahre zurückgerechnet hatte, nahm er das Buch von 1985 heraus. Die anderen legte er wieder in die Kiste zurück, und, mit einem kurzen Blick zu seiner Tante, stellte er sie leise in den Schrank. Mit dem *Diebesgut* in seiner Jackentasche verließ er gemächlich die Station. In der Cafeteria saß Monika mit Frau Dr. Schulte und einer jungen Frau zusammen. Als Hans-Dieter an ihren Tisch trat, erklärte ihm seine Frau, dass es sich um Ava, der Tochter von Frau Dr. Schulte, handele, die in London Volkswirtschaft studiere. Mutter und Tochter machten einen niedergeschlagenen Eindruck.

„Wir haben gerade über den Tod von Herrn Niedermann gesprochen", sagte Monika.

„Wie wird es mit dem Heim weitergehen, Frau Dr. Schulte?", fragte Hans-Dieter.

„Eigentlich müssten wir abgesichert sein. Aber wir warten immer noch auf die Testamentseröffnung!"

Hans-Dieter gab seiner Frau ein Zeichen zum Aufbruch, und sie machten sich auf den Heimweg. Nach dem Abendbrot setzte er sich in seinen Lieblingssessel, und während er von seinem iPhone diesmal die alten Grönemeyer-Songs hörte, blätterte er den Kalender durch. Junge, Junge, Schwester Agathe hatte eine saumäßige Handschrift! Es wimmelte nur so von Namen der Schwestern, mit denen sie befreundet war. Schwester Elisabeth, Schwester Maria, Schwester Alberta, Schwester Margarete, Schwester Ruth, Schwester Emma... und wie sie alle hießen. Sie hatte wohl ein sehr geselliges Leben geführt, dachte er.

Hin und wieder gab es auch Hinweise auf die Patienten. „Heute haben wir einen gebrochenen Fuß hereinbekommen", hieß es da zum Beispiel. „Die alte Frau Licht ist heute gestorben." „Blinddarmdurchbruch, aber Herr Krämer hat noch einmal Glück gehabt!" „Oberschenkelhalsbruch, die arme alte Frau Meier!" Es waren so viele Namen und Schicksale, dass Hans-Dieter bereits Kopfschmerzen hatte. Und langsam, mit Herberts Musik als Begleiter, fiel er ins Land der Träume.

Es war seine Frau Monika, die am Sonntagmorgen noch einmal die gekritzelten Zeilen von Schwester Agathe durchlas, denn er hatte sich bereits damit abgefunden, dass seine Suche erfolglos bleiben würde.

„Hast du das hier gelesen? Hier steht etwas von einer Anja!"

„Wo? Zeig mal her!"

„Fahrerflucht. Die arme Anja! Konnte nicht gerettet werden! Gott sei Dank, hat der Säugling überlebt." Hans-Dieter blätterte weiter zur nächsten Seite. „Bin total schockiert. Junge doch gestorben. Frau Dr. Schulte hat Totenschein ausgestellt."

„Frau Dr. Schulte? Etwa unsere Frau Dr. Schulte vom Seniorenheim? Hat die vor 31 Jahren im Maria Hilf gearbeitet? Da wird doch der Hund in der Pfanne verrückt! Mal sehen, was Carlotta morgen dazu sagt!"

KAPITEL 11

Carlotta war gerade dabei, ihren Mantel aufzuhängen, als Robert Seitz das Zimmer betrat.

„Guten Morgen, Carlotta!"

„Guten Morgen, Herr Seitz!"

„Aber, aber, Carlotta! Ich heiße Robert, schon vergessen? Na, wie war dein Wochenende?"

„Super! Ich bin mit Philipp und seinen Freunden am Samstag im Bermuda-Dreieck gewesen. Da ist mächtig was los. Zuerst haben die Jungs darauf bestanden, dass ich eine Dönninghaus-Currywurst esse und dann haben sie mich von Kneipe zu Kneipe geschleppt. Die Cocktails im Pearl'z sind wirklich bemerkenswert."

„Mich interessiert eigentlich mehr, ob du als *Katze vom Kiez* oder als *Lara Croft* unterwegs gewesen bist!"

„Oh!" Carlotta schaute verlegen zu Boden.

„Glaubst du wirklich, ich hätte dein Manöver auf der Party nicht bemerkt? Dein ehemaliger Chef in Hamburg ist ein alter Freund von mir, und ich weiß Bescheid über deinen Undercover-Einsatz dort. Er hat mir auch das Versprechen abgenommen, dass ich ein Auge auf dich habe. Gerade jetzt beginnt der Prozess gegen die Hauptdrahtzieher des Drogenverteilerrings. Im übrigen ist bekannt geworden, dass es in der *Blauen Lagune* einen Spitzel gegeben haben soll. Das alles ist zwar schon eine Weile her, aber Vorsicht ist die Mutter der Porzellankiste! Kompliment übrigens! Mit Hilfe von Paul Schönefeld hast du es geschafft, dass die Jungs dich nachhaltig als Lara Croft in Erinnerung behalten werden. Gut gemacht!"

Er schaute sie spitzbübisch an und sagte dann mit rollenden Augen: „Miauuuu!"

Carlotta bekam einen Lachanfall und würgte mühsam ein „Danke!" heraus. Dieser Mann hatte einen sehr skurrilen Humor! „Wie würde Bruno wohl jetzt reagieren?", fragte sie ihn.

„Ich denke, er würde die Flucht ergreifen!"

Als der Heiterkeitsausbruch bei beiden abgeklungen war, fragte Robert Seitz Carlotta nach Anja Ackermann.

„Ich werde mich gleich noch einmal mit dem Standesamt in Verbindung setzen. Die verfügen über ein Geburtenregister, von dem ich mir viel verspreche."

Da platzte Hans-Dieter ins Zimmer, und voller Schwung knallte er das Tagebuch auf Carlottas Schreibtisch.

„Einen wunderschönen guten Morgen!" Er lachte Carlotta an.

„Sag bloß!" Carlotta blickte amüsiert auf den Schreibtisch.

„Klärt mich jetzt mal einer auf?", beschwerte sich Robert Seitz.

„Die Nonne löst nun doch das Rätsel!", sagte Carlotta. „Was hat sie denn geschrieben?"

Hans-Dieter berichtete, auf was seine Frau gestoßen war.

„Also, eine junge, hochschwangere Frau namens Anja wurde aufgrund eines Verkehrsunfalls mit Fahrerflucht ins Maria Hilf eingeliefert. Die sofort eingeleitete Notoperation überstand sie nicht. Das Kind, ein Junge, konnte noch gerettet werden. Aber am nächsten Tag starb auch er. Und nun haltet Euch fest! Die Ärztin, die

die Totenscheine ausgestellt hatte, war Frau Dr. Schulte!"

„Was, etwa die vom Heim?", fragte Carlotta erstaunt.

„Ich hab mich erkundigt", sagte Hans-Dieter. „Bevor sie Heimleiterin beim alten Niedermann geworden ist, hat sie in Gerthe gearbeitet."

„Und an welchem Tag hat Deine Schwester Agathe diese Eintragung gemacht?"

„Am 21. November 1985 hat sie die Notoperation erwähnt. Demnach ist der Junge am 22. gestorben!"

„Es ist nicht gesagt, dass Ihr die richtige Person habt", gab Robert Seitz zu bedenken. „Schließlich gibt es viele Frauen, die Anja heißen!"

„Das werden wir gleich sehen! Ich rufe jetzt das Standesamt an. Die Server werden in der Zwischenzeit ja wohl repariert worden sein. Mit den Informationen, die wir nun haben, werden wir schnell mehr wissen!"

Und so war es auch. Carlotta erfuhr, dass es einen Totenschein gab, der den Namen Anja Ackermann trug, und einen zweiten Totenschein über einen neugeborenen Jungen. Vorname nicht vorhanden, beide ausgestellt am 21. November 1985.

„Nun, meine lieben Kinder", sagte ihr Chef. „Dann habt Ihr ja jetzt einen interessanten Besuch im Heim vor Euch! Viel Erfolg! Ich muss mich jetzt leider mit der Presse herumschlagen. Sosehr es mir auch widerstrebt, etwas Negatives über die Niedermanns sagen zu müssen, aber über Ernesto Fuertes und die Suche nach der dritten DNA-Spur können wir nicht länger schweigen."

Robert Seitz ging in sein Büro. Carlotta und Hans-Dieter begaben sich zum Auto.

KAPITEL 12

Sie fuhren los, und als wieder die lauten Beats von Samy Deluxe auf ihn einhämmerten, zog Hans-Dieter seine Ohrstöpsel aus der Tasche. Da wollte er doch lieber etwas von Herbert hören. Allerdings zuckte er doch sehr zusammen, weil dieser gerade *Sie mag Musik nur, wenn sie laut ist...* aus *Mokkaaugen* sang. Daraufhin krümmte er sich innerlich vor Lachen.

Carlotta dachte an das gemeinsame Frühstück mit Paul in der Kuchen-Kammer am Vortag. Es waren angenehme zwei Stunden in entspannter Atmosphäre gewesen. Manchmal kam zwar immer noch eine schmerzhafte Erinnerung in ihr hoch, aber alles in allem hatte ihr der Morgen mit ihm gefallen.

Sie verdrängte diese Gedanken und stellte wieder Überlegungen über die Beziehung zwischen Frau Dr. Schulte und Andreas Niedermann an. Sie machte die Musik leiser und fragte Hans-Dieter:

„Wann ist das Anwesen eigentlich geteilt worden? Weißt Du etwas darüber?"

„Der Umbau muss so ungefähr 1986/1987 gewesen sein. Warum fragst Du?"

„Also, nehmen wir mal an, dass es sich tatsächlich um ein Kind von ihm handelte, und die Ärztin, die den Totenschein ausgestellt hatte, übernimmt dann später hier die Heimleitung. Ist das nicht ein seltsamer Zufall?"

„Mag schon sein. Aber wir können sie doch gleich danach fragen."

Als sie aus dem Auto stiegen, bemerkte Carlotta auf der anderen Straßenseite einen alten Penner, der auf einer verdreckten Decke saß und seine Mütze zum Betteln hinhielt. Sie beobachtete, wie drei jugendliche Raufbolde auf ihn zusteuerten und ihn anpöbelten. Als einer der drei dem Alten einen Fußtritt in die Seite verpasste, schaute Carlotta kurz Hans-Dieter an, und beide gingen mit schnellen Schritten auf die Gruppe zu.

„Polizei, sofort aufhören!", befahl sie mit harter Stimme. Sie riss den Jungen, der gerade erneut zutreten wollte, von dem Bettler weg. Mit geübtem Griff machte sie ihn kampfunfähig. Der Angegriffene, der aufgrund seiner starken Alkoholfahne ziemlich benebelt sein musste, war verblüffend schnell auf die Beine gekommen. Als Carlotta ihn fragte, ob er Anzeige erstatten wolle, winkte er ab.

„Die Jungs sind doch bestimmt über mich gestolpert. Stimmt's?"

Alle drei, auch die beiden, die von Hans-Dieter in Schach gehalten wurden, nickten eifrig.

„Also gut! Man sieht sich ja immer zweimal im Leben!" Carlotta schaute sie drohend an, und sie gingen eilig davon.

Sie blickte auf den Bettler herunter, der wieder ungerührt auf seiner Decke saß.

„Hier sind zwei Euro. Kauf dir ein Bier, damit du dich von dem Schreck erholen kannst!"

Der Mann grinste zu ihr hoch und sagte: „Vielen Dank, schöne Frau!"

Carlotta zuckte leicht zusammen, als sie seine verfaulten Zähne sah und drehte sich schnell weg.

Im Heim lief ihnen natürlich zuerst Tante Käthe über den Weg.

„Ach, ich sach dir watt, Hans-Dieter! Schwester Agathe geht es gar nich gut. Sie wird überhaupt nich mehr wach. Aber ich bin ja auch immer so müde!"

„Wir kommen gleich wieder, Tante Käthe. Wir müssen nur noch eben etwas erledigen", sagte Hans-Dieter und führte sie zu einem bequemen Sessel.

Im Büro der Heimleiterin fragten sie Frau Dr. Schulte nach dem Tod von Anja Ackermann.

„Daran kann ich mich nur noch schwach erinnern. Schließlich ist das jetzt mehr als 30 Jahre her", meinte sie. „Das muss ja fast gegen Ende meiner Dienstzeit gewesen sein. Mutter und Kind tot. Ein tragischer Verkehrsunfall!"

„Wie konnte es passieren, dass Sie zwei Totenscheine mit dem Datum vom 21.11.1985 ausstellten? Am 22.11. hatte der Junge doch noch gelebt!"

„Wie kommen Sie denn darauf? Ich kann mir nicht vorstellen, dass mir ein solcher Fehler unterlaufen sein sollte!"

Hans-Dieter nahm seine ‚Kampfhaltung' ein. „Das wissen wir aus den Tagebüchern von Schwester Agathe", sagte er.

„Ach was, die alte Frau war auch schon in ihren jungen Jahren alt, wenn Sie wissen, was ich meine. Und welche Tagebücher? Mir ist nichts darüber bekannt!"

„Wäre es nicht eine tolle Sache, wenn dieses Kind noch leben würde? Anja Ackermann war bei Herrn Niedermann beschäftigt und hatte ein Verhältnis mit ihm. Sie war schwanger von ihm. Ein unehelicher Sohn würde uns sehr gefallen, dann hätten wir nämlich endlich unsere fehlende DNA-Spur, nach der wir seit dem Mord so intensiv suchen!"

Frau Dr. Schulte hatte während des ganzen Gesprächs ihre selbstsichere Haltung nicht verloren. Sie lächelte die beiden an und sagte: „Da kann ich Ihnen leider nicht helfen. Das Kind starb, als es ein paar Stunden alt war!"

„Wie sind Sie eigentlich zu dieser Anstellung gekommen? Kannten Sie Herrn Niedermann schon vorher?"

„Nein, nach dem Umbau hatte er die Stelle ausgeschrieben, und ich bewarb mich. So einfach war das!"

„Sie haben eine Testamentseröffnung erwähnt", sagte Hans-Dieter. „Rechnen Sie denn mit einer Erbschaft?"

„Ja. Herr Niedermann hat verfügt, dass nach seinem Tod das gesamte Anwesen in ein Heim umgewandelt wird und unter meiner Leitung weitergeführt werden soll. Unter dieser Voraussetzung würde er mir auch das Haus übertragen."

„Na, das ist ja eine Überraschung!", sagte Carlotta. „Weiß seine Schwägerin das auch? Ich hatte den Eindruck, dass sie sich und ihren Sohn für die Erben des Hauses hielt."

„Darüber kann ich nichts sagen!"

Sie verabschiedeten sich. Bereits an der Tür, drehte sich Carlotta noch einmal um. „Was ich noch fragen wollte... Fast jeden Mittwochnachmittag waren Sie doch immer bei Herrn Niedermann zu Besuch, während seine Schwägerin ihre Freundinnen traf. War das am 17. Oktober auch so?"

„Ja", antwortete Frau Dr. Schulte.

„Wie lange waren Sie denn bei ihm? Wissen Sie das noch?"

„Ich glaube, kurz vor 17 Uhr bin ich wieder gegangen."

„Und wie ging es ihm zu dem Zeitpunkt?"

„Nun, er fühlte sich nicht wohl. Er hatte starke Schmerzen wegen seiner Arthrose, und wir vermuteten, dass er sich zusätzlich einen Virus eingefangen haben könnte.

„Hatte er schwere Schweißausbrüche, Erbrechen und außergewöhnlich starke Herzrhythmusstörungen?"

„Nein, natürlich nicht! Dann hätte ich doch etwas unternommen! Er fühlte sich nur matt. Was schon seit ein paar Tagen der Fall war. Wir hatten vereinbart, dass ich ihm am nächsten Morgen seinen Hausarzt vorbeischicken würde. Aber das war ja dann nicht mehr nötig", sagte sie verbittert.

Carlotta nickte Hans-Dieter zu und sie verließen endgültig das Zimmer. Auf dem Flur lächelte Carlotta Hans-Dieter an. „Du hast mal wieder den gefährlichen Macker herausgekehrt!"

„Aber du! Du hast eine perfekte Columbo-Imitation geliefert! Drehst dich an der Tür noch einmal um und beginnst mit *Ach, was ich noch fragen wollte...*! Nur der gammelige Mantel hat gefehlt!"

Er schaute sie neugierig an. „Warum hast du diese Fragen überhaupt noch gestellt?"

„Ist doch ganz einfach! Hätte man Niedermann über einen längeren Zeitraum vergiftet, wären die vorhin genannten Symptome so auffällig gewesen, dass jeder in seiner Umgebung einen Arzt gerufen hätte. Alle Befragten gaben aber lediglich an, dass es ihm in letzter Zeit nicht gut gegangen sei. Ich bin fest davon überzeugt, dass ihm das Digitalis auf eine andere Art verabreicht worden sein muss!", triumphierte Carlotta.

„Hätte dir das nicht schon früher auffallen können?", stöhnte Hans-Dieter.

Carlotta grinste. „Auch mein Gehirn braucht manchmal eine Aufwärmphase!" Dann runzelte sie die Stirn.

„Lass uns noch mal eben nach Schwester Agathe sehen. Mir gefällt es nicht, dass sie so ruhig ist. Außerdem bin ich gespannt, ob es die Tagebücher noch gibt!"

Sie gingen an Tante Käthe vorbei, die immer noch in ihrem Sessel saß und friedlich eingeschlafen war.

Als sie in das Zimmer kamen, ging Hans-Dieter sofort zum Schrank, während Carlotta sich dem Bett zuwandte. Dort lag die Schwester bewegungslos. Ihr Atem ging ganz flach, und ihre Haut war weiß und verschwitzt.

„Ging es ihr am Samstag auch schon so schlecht?", fragt sie ihn.

„Keineswegs!", antwortete er. „Sie saß in der Küche, trank ihren Kaffee und hatte gerade ein Stück Kuchen gegessen!"

„Hm!" Carlotta tastete nach dem Puls der alten Frau und stellte fest, dass er ganz schwach war.

„In ihrem Alter passiert so etwas", meinte Hans-Dieter. Irgendwann ist eben die Kraft nicht mehr da, und dann kommt das Ende. Sagen wir der Schulte Bescheid."

Er öffnete die Schranktür. Die Kiste mit den Tagebüchern war nicht mehr da!

„Ich habe es doch gewusst!", sagte Carlotta leise zu sich selbst.

Hans-Dieter schaute verblüfft in den leeren Schrank. „Ich schwöre dir, es war eine große Kiste mit 71 Tagebüchern darin. Ich habe sie nämlich gezählt."

„Ich glaube dir natürlich. Woher hättest du auch sonst das eine Exemplar haben können, das im Büro liegt. Ich schätze, irgendwer hat mitbekommen, dass du dich bei Schwester Agathe nach den Büchern erkundigt hast und die Neuigkeit dann gleich brühwarm an die Schulte weitergegeben. Nur hat niemand geahnt, dass du dir eines der Exemplare bereits unter den Nagel gerissen hattest. Tja, Pech gehabt, Frau Doktor!"

„Ich sag dir was", fuhr sie fort, stutzte dann aber, grinste und sagte: „Nee, ich sach dir watt! Wir werden jetzt nicht mit ihr reden, sondern erst heute Nachmittag, wenn wir Paul Schönefeld mitbringen.

KAPITEL 13

Als Carlotta und ihr Begleiter im Haus verschwunden waren, schnappte er sich hastig seine Decke und schlich um das Anwesen herum auf die Rückseite. Unter dem geöffneten Bürofenster konnte er gut das Gespräch mit der Heimleiterin verfolgen.

So, so, er war also tot! Schon als Säugling verstorben! Und seine richtige Mutter hieß Anja Ackermann! Das hatte er noch gar nicht gewusst.

Im Alter von 12 Jahren wurde er von einer Frau adoptiert. Sie hieß Sylvia Sommer, und er bekam ihren Namen. Sommer klang eindeutig besser als Krause! Außerdem war sie eine herzensgute Frau, die sich schon immer um andere Kinder gekümmert hatte, denn nichts war ihr mehr zuwider, als Vernachlässigung oder gar rohe Gewalt in ihrem Umfeld. Er hatte ihr viel zu verdanken, und er war sehr niedergeschlagen, als sie vor einem halben Jahr starb. Beim Aussortieren ihrer Sachen, fielen ihm die Adoptionsunterlagen von damals in die Hände, und so war er auf Pastor Gründel gestoßen.

Schweigepflicht hin oder her, ein paar Gläschen Rotwein konnten manchmal den dicksten Knoten in einer Zunge lösen. Auf diese Weise hatte er den Namen seines Vaters herausbekommen.

Nun war er sehr gespannt, was es mit dem Verkehrsunfall auf sich hatte.

Vielleicht müsste er doch mit dieser Frau Dr. Schulte Kontakt aufnehmen. Lieber wäre ihm jedoch Pastor Gründel. Die Frau gefiel ihm nicht!

KAPITEL 14

„Paul. Du musst mir helfen!", sagte Carlotta, als sich Dr. Schönefeld am Telefon meldete.

„Was kann ich für dich tun, Lieblingsfrau?

„Lass den Quatsch! Es ist mir Ernst. Hans-Dieter und ich kommen gerade von dem Seniorenheim zurück, wo wir Schwester Agathe, die für uns eine wichtige Zeugin ist, völlig sediert vorgefunden haben. Glaubst du, du könntest eine Blutprobe entnehmen und dann für uns untersuchen?"

„Aber sicher kann ich das! Dazu brauche ich allerdings vorher eine richterliche Genehmigung. Ich bin gleich beim Amtsgericht. Mal sehen, ob ich sofort eine bekomme. Trotzdem, wie alt ist denn diese Schwester? Ist sie ein renitenter und aggressiver Mensch? Im Altenheim ist es nämlich durchaus üblich, dass Bewohner, die sich gar nicht beruhigen lassen, ein Sedativum bekommen. Allerdings nur auf Anordnung eines Neurologen!", gab er zu bedenken.

„Erstens ist sie als ein sehr verträglicher Mensch bekannt. Zweitens hat Hans-Dieter sie noch am Samstag gesehen, da ist sie vollkommen in Ordnung gewesen. Und drittens bin ich fest davon überzeugt, dass kein Arzt sie gesehen hat!"

„Du glaubst also, dass man sie absichtlich ruhig gestellt hat! Aber warum denn?"

„Das kann ich dir sagen", und sie erzählte ihm, wie sie durch das Tagebuch auf die Machenschaften von Frau Dr. Schulte gestoßen sind.

„Wenn das stimmt, dann handelt es sich hier um eine Riesenschlamperei!", empörte er sich. „Ich bin dabei! Um wie viel Uhr sollen wir uns dort treffen?"

„Sagen wir, um zwei Uhr. Aber ich habe noch ein weiteres Problem. Könnte Andreas Niedermann noch auf eine andere Art durch eine Überdosis Digitalis ermordet worden sein? Keiner der Befragten hatte heftige Schweißausbrüche, Erbrechen oder schwere Herzrhythmusstörungen bei ihm beobachtet, und die Schulte war an jenem Mittwochnachmittag noch bei ihm gewesen. Sie hätte sicher nicht seelenruhig dabeisitzen können. Sie hätte ihn ins Krankenhaus gebracht. Ich glaube nämlich, dass die beiden mehr als nur befreundet waren."

„Man müsste ihm das Mittel direkt gespritzt haben. Aber mir und meinen Mitarbeitern sind keine Einstichlöcher aufgefallen, und wir haben ihn gründlich untersucht, das kannst du mir glauben. Es ist sein Blut gewesen, das uns den Beweis der Todesursache geliefert hat. Ich verspreche dir aber, dass ich mir den Obduktionsbericht noch einmal vorknöpfen werde! Leider ist der Leichnam verbrannt worden, so dass eine nachträgliche Untersuchung nicht mehr möglich ist. Aber Digitalis ist ja sowieso nach ein paar Tagen kaum noch aufspürbar."

„Damit werden wir uns wohl abfinden müssen", seufzte Carlotta. „Mein Bauchgefühl sagt mir aber, dass es nicht der Sherry war. Das passt einfach nicht!"

„Warum befand sich dann Digitalis in der Flasche?", fragte Paul.

„Natürlich, weil der Mörder die Anzahl der Verdächtigen vergrößern wollte!" antwortete sie.

„So, wie du es mir jetzt geschildert hast, stimmt es wahrscheinlich auch", gab er zu.

„OK, lass uns später noch einmal darüber reden. Es bleibt bei zwei Uhr vor dem Heim!"

Carlotta war nun vom Jagdfieber gepackt und suchte sich die Berichte von der KTU heraus. Da stand es. Die Sherry-Flasche war mit einer starken Digitalis-Dosis präpariert worden, während in dem Glas auf dem Beistelltisch keine Spuren des Giftes vorhanden waren. Aufgeregt nahm sie sich danach noch einmal den Obduktionsbericht vor. Der Mageninhalt bestand aus Resten von Kuchen und Sherry!

Mit dieser Entdeckung ging sie rüber zu Hans-Dieter.

„Wir haben zwei wichtige Sachen übersehen!", sagte sie zu ihm. Er schaute sie fragend an, und sie fuhr fort: „Während Frau Dr. Schulte beim alten Niedermann war, hatten sie gemütlich Kuchen gegessen und er einen Sherry getrunken. Zu diesem Zeitpunkt war die Flasche also noch ganz in Ordnung. Der Mord geschah, nachdem die Ärztin und die Putzfrau das Haus verlassen hatten. Also etwa zwischen 18.00 und 18.20 Uhr. Demnach ist unsere dritte DNA-Spur der Täter, der auch Calabia Kuka auf die Stirn seines Opfers geschrieben hat!"

Hans-Dieter überlegte und argumentierte dann: „Wir haben nicht den geringsten Beweis dafür, dass der Junge damals nicht gestorben ist. Und eine Ärztin kann sich auch mal im Datum irren. Außerdem wissen wir gar nicht, ob das Kind wirklich vom Niedermann gewesen ist. Tatsache ist nur, dass sich neben Gisbert noch ein zweiter naher Verwandter im gleichen Raum aufgehalten haben muss. Deswegen ist er aber noch lange nicht der Mörder!"

„Ja, du hast Recht. Aber die Möglichkeit, dass noch eine andere Person dort gewesen sein könnte, übersteigt langsam meine Vorstellungskraft! Komm, wir gehen essen!"

Als Carlotta und Hans-Dieter sich pünktlich um zwei Uhr mit Paul vor dem Seniorenheim trafen, erzählten sie ihm natürlich sofort, auf was sie in den Berichten gestoßen waren. Paul nickte nur.

„Das ist mir jetzt auch aufgefallen, aber der vergiftete Sherry hat uns, glaube ich, zu einseitig an die Untersuchung herangehen lassen. Im übrigen habe ich eine mögliche Einstichstelle gefunden! Herr Niedermann hatte ein entzündetes Muttermal, das schon längst hätte entfernt werden müssen. Da verstehe ich die Kollegin Schulte nicht, dass sie nichts dagegen unternommen hat. Jedenfalls wäre eine Injektion durch diese Stelle nicht nachzuweisen gewesen. So sieht es aus!" Er nickte betrübt.

„Jedenfalls wissen wir jetzt mehr!", tröstete ihn Carlotta, und auf ihr Zeichen hin betraten sie den Eingangsbereich. Hier hielt sich, wie war es auch anders zu erwarten, Tante Käthe auf. Hans-Dieter umarmte das schmächtige Persönchen. Mit lauter und deutlicher Stimme fragte er sie:

„Wie geht es dir, Tante Käthe? Ist alles in Ordnung bei dir?" Auch Carlotta und Paul begrüßten die alte Dame, die sich danach aber abwandte und ihren Blick suchend über den Boden gleiten ließ.

„Ich happ meine Häkelnadel verlor'n und kann gar nich mit dein Schal weitermachen, Hans-Dieter!" Carlotta bückte sich und fand die Nadel sofort. Sie war unter den Heizkörper gerollt. Kein Wunder also!

„Hier, Frau Käthe!", und gab sie ihr zurück. „Ich würde Sie gerne etwas fragen. Geht das in Ordnung?"

„Ja klar!", lachte diese.

„Haben Sie gestern oder vorgestern jemanden gesehen, der die Tagebücher von Schwester Agathe aus dem Schrank entfernt hat?"

„Hm, hm!", machte sie. „Datt is gestern am späten Abend gewes'n. Schwester Agathe und ich ham schon geschlafen. Die Tür hat mich wach gemacht. Da is die Frau Doktor ins Zimmer gekomm'n. Sie hat Schwester Agathe geweckt und ihr ne Tablette gegeb'n. Und dann hatt'se sich zu mir umgedreht. Ich happ schnell meine Augen zugemacht und so getan, als wär ich nich wach geworden. Ich kann die nämlich nich leiden!", meinte sie vertraulich. Dabei blickte sie ihre drei Zuhörer mit ihren braunen Eulenaugen listig an. „Später is'se dann aber noch mal wiedergekomm'n. Und da hatt'se die Kiste aus'm Schrank geholt."

„Hat die Frau Dr. Schulte der Schwester Agathe heute Morgen wieder ihre Medizin gegeben?"

„Datt weiß ich nich. Meine Freundin is ja nich wach geword'n, und ich happ inner Küche gefrühstückt."

„Das haben Sie sehr gut gemacht, Frau Käthe! Vielen Dank!"

Hans-Dieter schaute seine Tante an und meinte: „Da soll mich doch der Teufel holen! Sonst redest du doch nie so viel!"

„Ich sach dir watt!", nickte sie.

Nach diesem aufschlussreichen Gespräch gingen die drei zum Zimmer der Heimleiterin. Diese fragte verärgert: „Was wollen Sie denn schon wieder? Geht es immer noch um das Datum auf den Totenscheinen? Und um das, was die gute Schwester Agathe aufgeschrieben haben soll? Ich habe bei ihr keine Tagebücher gesehen!"

„Sogar eine ganze Kiste voll, um es genau zu sagen!", erwiderte Carlotta. „Sie haben sie doch in der vergangenen Nacht aus dem Schrank entfernt, wie wir gerade erfahren haben. Leider haben Sie nicht gewusst, dass Herr Bauermann das für uns wichtige Exemplar bereits an sich genommen hatte." Carlotta machte eine Pause.

„Und jetzt, Frau Dr. Schulte, wird Herr Dr. Schönefeld bei Schwester Agathe eine Blutprobe entnehmen. Wir vermuten nämlich, das Sie sie vorsätzlich ruhig gestellt haben!" Sie gab Hans-Dieter und Paul ein Zeichen.

„Ich bin ganz entschieden dagegen", brauste die Heimleiterin auf. „Dr. Schönefeld hat hier nichts zu sagen!"

„Er ist Gerichtsmediziner, hat eine richterliche Genehmigung und arbeitet mit uns zusammen. Das haben wir zu entscheiden!", antwortete Carlotta. „Sie bewegen sich langsam auf dünnem Eis, Frau Doktor, das muss Ihnen doch klar sein!" Dann zählte sie an ihren Fingern ab:

„Sie behaupten, dass der Junge am gleichen Tag starb wie seine Mutter.

Schwester Agathe hatte ihn am nächsten Tag noch lebend gesehen.

Anja Ackermann war die Geliebte von Andreas Niedermann und vermutlich von ihm schwanger.

Kurz nach ihrem Tod baute dieser seine Villa um.

Sie erhielten die Stelle als Heimleiterin.

Sie wurden informiert, dass sich der Neffe von Tante Käthe für die Tagebücher interessierte.

Sie sedierten Schwester Agathe, damit sie vorerst nicht über die Vergangenheit reden konnte und entfernten die Kiste.

Darüber hinaus erzählen Sie, dass Sie erben werden.

Sie sind nicht daran interessiert, dass dieser Sohn gefunden wird."

„Das sind doch alles Hirngespinste von Ihnen! Die fiktive Urkundenfälschung wäre übrigens bereits nach fünf Jahren verjährt gewesen", trumpfte sie auf. Sie können mir gar nichts!"

„Und wie wäre es mit Kindesentführung? An wen haben Sie sich gewandt, um den Jungen verschwinden zu lassen? Haben Sie ihn verkauft? Zur Adoption freigegeben? Was ist mit dem Kind passiert?"

„Das war doch nicht meine Angelegenheit!", platze Frau Dr. Schulte heraus. „Der Vater hat sich um alles gekümmert! Ich habe den Säugling nur für tot erklärt!"

„Na, wer sagt's denn? Jetzt haben wir ja doch einen Vater!", freute sich Carlotta. „War es Andreas Niedermann?"

Sie nickte, nun gar nicht mehr so selbstbewusst.

„Dann erzählen Sie mir doch mal, wie das damals alles war", meinte Carlotta.

„Anja Ackermann wurde schwer verletzt eingeliefert, und wir konnten sie nicht mehr retten. Den Jungen holten wir dann per Kaiserschnitt, bevor er Schaden durch das Organversagen seiner Mutter nehmen konnte. Er war gesund und vollständig entwickelt. Am nächsten Tag kam Andreas Niedermann zu mir, und unter Tränen beichtete er, dass er der Fahrer des Unfallwagens gewesen wäre. Zwischen ihm und seiner Geliebten hätte es einen Streit gegeben. Er habe ihr versprochen, sie finanziell zu unterstützen, aber heiraten wolle er sie nicht. Irgendwann war er dann wütend in seinen Sportwagen gesprungen und losgebraust. Seine Geliebte, die ihn habe stoppen wollen, sei dabei unter den Wagen geraten. Voller Panik habe er dann den Unfallort verlassen und von der nächsten Telefonzelle aus anonym den Notruf benachrichtigt."

„Warum hatte er sich nicht gestellt?", fragte Carlotta.

„Das wäre sein Ruin gewesen. Er hätte ins Gefängnis gehen müssen. Unfallflucht mit Todesfolge!

„Und was machten Sie dann?"

„Ich? Nichts. Andreas kümmerte sich darum, dass ein Pfarrer den Säugling als Findelkind in einem Kinderheim abgeben würde, damit er von dort aus adoptiert werden könnte."

„Als Findelkind"; nickte Carlotta. „Sehr clever! Dazu brauchte man ja keine Geburtsurkunde. Das Jugendamt würde die Vormundschaft übernehmen. Hat Herr Niedermann jemals versucht, mit seinem Sohn in Kontakt zu treten?"

„Nein", antwortete sie. „Er wollte auch gar nicht erst den Namen des Kinderheims wissen. Ich glaube, er wollte so schnell wie möglich alles vergessen."

„Und Sie durften dann als Belohnung für Ihr Schweigen die Leitung des Seniorenheims übernehmen!", vermutete Carlotta. „Was hat denn der Pfarrer für seine Heldentat bekommen?"

„Ich habe keine Ahnung! Vielleicht eine neue Kirchenglocke?" antwortete sie mit einem leichten Lächeln.

Die beiden Männer waren inzwischen zurückgekommen. Schwester Agathe sei wieder ansprechbar gewesen, aber immer noch geschwächt. Drohend baute sich Hans-Dieter vor der Heimleiterin auf und verschränkte seine Arme vor der Brust:

„Lassen Sie sich ja nicht einfallen, meiner Tante so etwas anzutun. Ich werde die beiden alten Damen ab jetzt genau im Auge behalten!"

„Da ist, glaube ich, nichts mehr zu befürchten!", sagte Carlotta. „Der Knoten ist nämlich geplatzt. Die Frau Doktor hat geredet, und sie muss jetzt auch keine Tagebücher mehr verstecken oder alte Frauen sedieren. Aber das erzähle ich Euch gleich, wenn wir draußen sind!"

„Eine Frage habe ich noch", Carlotta schielte zu Hans-Dieter herüber, der natürlich sofort anfing zu grinsen. „Columbo!", sagte er nur.

„Hat sich der Sohn jemals mit seinem Vater in Verbindung gesetzt?"

„Nein", antwortete sie.

„Wir glauben, dass er am Tatort war, und er könnte seinen Vater ermordet haben. Es sei denn, es würden noch weitere uneheliche Kinder von Andreas Niedermann existieren!"

Frau Dr. Schulte zuckte mit ihren Schultern und schaute geistesabwesend durch das Fenster nach draußen.

Nach diesem Gespräch brachte Paul die Blutprobe zu seinem Institut, während Hans-Dieter und Carlotta zum Amtshaus fuhren, um Robert Seitz und die anderen Kollegen zu informieren.

KAPITEL 15

Aufgrund der am Tatort gefundenen DNA ist zu vermuten, dass Andreas Niedermann von einem männlichen Verwandten umgebracht worden ist. Der Neffe, Gisbert Niedermann, hat für die infrage kommende Zeit ein Alibi. Es besteht der Verdacht, dass ein unehelicher Sohn den Vater ermordet haben könnte. Nach ihm wird bereits gefahndet...

Carlotta faltete die Zeitung wieder zusammen. Sie war froh, dass ihr Chef bei seinem Interview, welches er am Vortag auf den späten Nachmittag verschoben hatte, die Tätowierung verschwiegen hatte. In der Nacht waren ihr nämlich große Zweifel an dem Tathergang gekommen. Fakt ist, dass um 18 Uhr die Putzfrau nach Hause ging. Der Tod trat um 18.20 Uhr ein, was bedeutete, dass der Mörder sich kurz nach dem Fortgang der Putzfrau Zugang zum Haus verschafft haben musste. Gegen 19 Uhr kam Gisbert ins Haus. Zu diesem Zeitpunkt stand bereits Calabia Kuka auf der Stirn seines Onkels. Laut Autopsiebericht wurde die Beschriftung post mortem vorgenommen! Dieses Indiz war erst jetzt in ihr Bewusstsein gedrungen! Außerdem war es völlig unlogisch, dass ein Mörder, der einen Herzinfarkt vortäuschen wollte, dermaßen auf sich aufmerksam machen würde. Nein, er wäre bemüht gewesen, unauffällig zu bleiben. Er würde nicht dermaßen plakativ demonstrieren, dass er dort gewesen war. Hatte sich also noch eine weitere Person am Tatort befunden? Wenn ja, dann hätte diese keine Spuren hinterlassen, würde aber durchaus als Täter infrage kommen.

Robert Seitz betrat ihr Zimmer. Auch er hielt die Tageszeitung in der Hand.

„War es richtig von mir, den Verdacht auf den Sohn zu lenken?", fragte er sie.

„Ich habe auch ein ungutes Gefühl dabei!", antwortete Carlotta und erzählte ihm von ihren nächtlichen Überlegungen. „Ich bin eine solche Idiotin gewesen! Post mortem kann man doch nicht übersehen!"

Robert sah ihr an, wie sehr sie mit sich selbst unzufrieden war. Sie stand auf und begann, hin und her zu laufen. Dann sprach sie ihre Gedanken laut aus:

„Wir müssen in jedem Fall unbedingt den Sohn finden, schuldig oder nicht! Hoffentlich kann der auch das Rätsel von Calabia Kuka lösen. Und Philipp soll sich noch einmal die Alarmanlage vornehmen, die haben wir bisher auch vernachlässigt. Wenn sie zwischendurch noch einmal ausgeschaltet worden ist, kann er das bestimmt herausfinden. Die haben ja eine von diesen Hightech-Anlagen."

„Na die Kunstsammlung von Andreas Niedermann ist ja auch schließlich nicht ganz ohne!", belehrte Robert sie.

Carlotta sah ihn an und sagte: „Ich werde gleich mit Hans-Dieter zum Haus der Niedermanns fahren, um mit der Schwägerin zu sprechen. Ich glaube, die hat uns bisher noch einiges verschwiegen. Angemeldet sind wir bereits."

Da klingelte Carlottas Handy und Paul meldete sich gut gelaunt: „Moin Moin, Lieblingsfrau! Hast du gut geschlafen?" Carlotta brummte zustimmend.

„Es war Rohypnol, was die Schulte Schwester Agathe verabreicht hatte. Wie ich schon sagte, nicht ungewöhnlich in Altenheimen. Wirst du sie anzeigen?"

„Nein, denn sie würde behaupten, es nicht gewesen zu sein. Es war Nacht, und Tante Käthe hätte vor Gericht schlechte Karten! Aber danke für deine Hilfe!"

„Dann jag ihr aber wenigstens einen ordentlichen Schreck ein, damit so etwas nicht noch einmal passiert."

„Worauf du dich verlassen kannst!"

„Sollen wir uns heute Abend auf ein Glas Bier treffen?"

„Geht leider nicht! Ich bin um 19.30 Uhr mit Leander im Schauspielhaus verabredet. Er hat zwei Karten für Monty Python's Spamalot bekommen. Vielleicht hast du ja den Film *Die Ritter der Kokosnuss* gesehen? Darauf basiert dieses Musical nämlich. Es läuft bereits in der zweiten Spielzeit und ist fast immer ausverkauft. Laut Leander werden wir ein großartiges Spektakel erleben, und ich freue mich schon riesig!"

„Ich hab davon gehört. Die Artussage! Pass auf, dass du von dem *Kaninchen des Todes* verschont wirst!", warnte Paul.

„Mach ich!", lachte Carlotta. „Vielleicht sehen wir uns ja morgen!"

In der Villa trafen Carlotta und Hans-Dieter nicht nur Frau Niedermann an, sondern auch ihren Sohn. Sie trug immer noch schwarz, aber Gisbert gab mal wieder den Pfau, der jetzt noch selbstherrlicher als vorher auftrat. Carlotta beschloss, einen Überraschungsangriff zu starten und begann mit:

„Warum haben Sie mich belogen, Frau Niedermann? Gleich nach dem Tod Ihres Schwagers habe ich sie gefragt, ob er einen Sohn haben könnte."

„Weil ich es Ihnen nicht sagen wollte!", antwortete sie trotzig.

„Warum das denn nicht?"

„Ich hatte doch die ganzen Jahre keine Ahnung von seiner Existenz! Plötzlich tauchte hier vor ein paar Wochen ein junger Mann auf, der seinen Vater sprechen wollte. Andreas regte sich fürchterlich auf, sagte irgendetwas über Trickbetrüger und warf ihn aus dem Haus. Mir gab er die Anweisung, dem Mann den Zutritt dieses Hauses energisch zu verweigern. Nur kam der immer wieder, so dass Andreas mir dann kleinlaut von seiner Vergangenheit erzählte. Ich war natürlich sehr betroffen. Er aber auch, schien mir. Wie dem auch sei, wenn seine Fahrerflucht von damals oder gar die Tatsache, dass er eine schwangere Frau schwer verletzt auf der Straße liegen gelassen hatte, bekannt würde, gäbe es auch heute noch einen Skandal. Auch meine gesellschaftliche Stellung hätte darunter zu leiden."

„Da hat ihr Schwager ihnen ja wirklich alles erzählt.", bemerkte Carlotta. „Als der junge Mann vor der Tür stand, haben Sie ihn da auch nach seinem Namen gefragt?"

„Aufgrund der massiven Ablehnung durch Andreas erschien es mir zu dem Zeitpunkt nicht von Bedeutung!"

„Glauben Sie, dass Ihr Schwager seinen Sohn in seinem Testament bedacht haben könnte?"

„Das wäre ja die Höhe! Andreas hat immer zu seinem Wort gestanden, und er wird nichts geändert haben!

Carlotta fragte weiter. „Was ist mit diesem Haus hier und mit dem Seniorenheim?"

„Das gehört mit zur Erbmasse!", worauf sich Carlotta eine weitere Bemerkung verkniff.

„Ich würde am liebsten alles verkaufen!", mischte sich Gisbert ein. „Ich habe bereits ein Angebot für den Morgan Plus 8, der in der Garage steht!"

„Wie viel will man Ihnen denn dafür geben?", fragte Hans-Dieter interessiert.

„50.000 Euro!"

„Eine Menge Geld für ein gebrauchtes Auto!"

„Ich werde eben einen echten Liebhaber finden müssen!", sagte Gisbert zuversichtlich.

„Ja, die gibt es!", bestätigte Hans-Dieter. „Vor zwei oder drei Jahren, während einer England-Reise, habe ich mal eine Werksführung bei Morgan mitgemacht. Wenn man die Fertigungstrassen von Mercedes oder VW gesehen hat, wird einem hier bewusst, was der Begriff Handwerkskunst bedeuten kann. Ich habe damals eine Probefahrt mit einem Threewheeler gemacht. Der Hammer, kann ich Ihnen sagen!"

Carlotta wurde ungeduldig und unterbrach die beiden Männer.

„Wie hat denn der Mann ausgesehen, der hier so oft aufgekreuzt ist?", fragte sie.

Frau Niedermann schwieg verlegen, und Gisbert grinste.

„Nun?" Carlotta ermutigte sie zu antworten.

„Er ist sauber und ordentlich gekleidet gewesen, und schlank, würde ich sagen! Und lange, braune Haare hat er gehabt!"

Sie presste ihre Lippen zusammen. Dann gab sie sich einen Ruck und meinte zögernd:

„Ich glaube, dass er schwul ist!" Gisbert lachte laut auf.

„Weil?", fragte Carlotta.

„Er ist so stark geschminkt gewesen!", gestand sie.

„Ist er Ihnen auch begegnet?", wandte sich Carlotta an Gisbert.

„Nein, leider habe ich dieses Vergnügen noch nicht gehabt!"

„Haben Sie keine Angst, dass Ihr Cousin Erbansprüche stellen wird?", bohrte Carlotta weiter.

„Wie denn das? Der hat doch keine Beweise! Hat er etwa eine Geburtsurkunde? Nein! Einen Vaterschaftstest kann er nicht mehr verlangen. Die Schulte wird sich hüten, sich selbst zu belasten! Bleibt nur noch der Pastor, der den Säugling ins Heim gebracht hat. Und der ist an seine Schweigepflicht gebunden. Außerdem suchen Sie ihn doch bereits als Mörder meines Onkels!", grinste er.

„Wo Sie Recht haben, haben Sie Recht!", sagte Carlotta, und Hans-Dieter und sie verabschiedeten sich.

„Ist der Kerl blöd?", fragte Carlotta, als sie wieder draußen waren.

„Wie meinst du das?"

„Der Sohn braucht doch gar keinen Vaterschaftstest mehr! Durch seine DNA am Tatort ist es doch so gut wie bewiesen, wer sein Vater ist! Und der Pastor muss doch bereits geredet haben, sonst wäre der junge Mann doch nicht hier aufgetaucht!"

Hans-Dieter schaute sie lächelnd an. „La Croft, du bist ein Genie!"

„Leider nicht immer! Aber du bist mir ja ein Schwindler! Immer, wenn du in meine kleine Kiste steigst, tust du so, als ob das Auto für dich eine Zumutung wäre. Dabei ist ein Threewheeler offenbar das Maß aller Dinge!"

„Carlotta, meine Begeisterung für ein solches Fahrzeug hat mich nie verlassen!"

„Und privat fährst du welches Auto?"

„Einen VW Golf." antwortete Hans-Dieter mit schmerzlich verzogenem Gesicht. „Da ich ja oft ein Dienstfahrzeug habe, benutzt meine Frau ihn zur Zeit!"

Carlotta hatte sich mit Leander in der Kuchen-Kammer verabredet, denn von dort aus war es zum Theater nicht weit. Sie hatte sich den Kopf darüber zerbrochen, was sie anziehen würde, aber dann entschied sie sich für Jeans und Pullover. Diese Entscheidung war goldrichtig, denn Leander sah aus wie immer. Wie ein bunter Vogel also!

Im Foyer holten sie sich ein Glas Sekt, und Carlotta kaufte sich noch eine Brezel, denn sie hatte noch nicht zu Abend gegessen. Ihr fiel auf, dass Leander viele Leute kannte, die er ihr alle freudestrahlend vorstellte.

„Interessanter Haarschnitt!", meinte einer von ihnen lachend. „Seit wann hast du denn eine Glatze?"

„Ach, schon seit ein paar Wochen!", antwortete er.

Während der Vorstellung lachte sie Tränen, und sie war total begeistert. Sie bewunderte die Kostüme und die Bühnenbilder der einzelnen Akte, wobei die Sänger und Tänzer ebenso hervorragend waren.

Nach der Vorstellung traf man sich noch an der Bar. Zwei, drei Schauspieler gesellten sich zu ihnen, wodurch sich eine fröhliche und aufgekratzte Gruppe bildete.

„Dies war ein sehr schöner Abend!", sagte Carlotta zu Leander, als sie sich voneinander verabschiedeten und gab ihm einen Kuss auf die Wange. „Danke!"

„Jederzeit wieder, schöne Frau!", und Leander ging pfeifend weiter.

KAPITEL 16

Am Mittwochmorgen hatten Robert Seitz, Hans-Dieter, Philipp und Carlotta eine Teambesprechung.

„Überlegen wir uns noch einmal, welche Faktoren wir bisher noch nicht gründlich in Betracht gezogen haben", begann Carlotta. „Philipp, hast Du mittlerweile die Alarmanlage noch einmal überprüft? Kann sie manipuliert worden sein? Und habt Ihr den Niedermann-Trakt sorgfältig auf weitere Zugangsmöglichkeiten untersucht?"

„Die Anlage ist definitiv nicht manipuliert worden. Alle An- und Ausschaltzeiten stimmen mit den Aussagen in unserem Befragungsprotokoll überein. Ungesicherte Fenster oder Türen gibt es nicht. Der Keller hat keinen Ausgang nach draußen, und der Dachboden weist nur eine kleine Belüftungsluke auf, zu klein, um als Einstieg benutzt worden zu sein", antwortete Philipp.

„Welche Möglichkeiten bleiben uns dann?" Carlotta überlegte und stellte Vermutungen an. „Irgendjemand hat uns nicht erzählt, dass er den Sohn und auch vielleicht eine uns unbekannte Person im Laufe des Tages hereingelassen hat. Der oder die haben sich dann versteckt! Allerdings ist mir schleierhaft, wie sie danach, ohne die Alarmanlage auszulösen, das Haus wieder verlassen konnten! Halt! Ich hab's! Als Gisbert um 19 Uhr dort eintraf, schaltete er die Anlage aus, und unsere Verdächtigen konnten entwischen! Oder, er hat sie selber herausgelassen! Wie wäre es damit?" Ironisch blickte Carlotta ihre Kollegen an.

„Mir ist das alles zu kompliziert!", stöhnte Hans-Dieter. „Klar erkennen kann ich allerdings, dass sich um Gisberts Aussagen herum noch einige Möglichkeiten auftun. Wenn er zum Beispiel am Nürburgring mit seiner eigenen Kiste trainiert hat, wird er sie fast leer gefahren haben, so dass er vor seiner Rückfahrt tanken musste. So etwas lässt sich doch zurückverfolgen! Haben wir die Zeit, wann er getankt hat, wissen wir auch, wann er frühestens hätte zu Hause sein können!"

„Und dann?", fragte Carlotta. „Er hat trotzdem erst um 19 Uhr das Haus betreten! Aber vielleicht sollte Philipp einmal dieser Sache nachgehen."

„Verdammt!", sagte Hans-Dieter. „Es muss einfach noch eine andere Möglichkeit geben, um ins Haus zu gelangen! Das Heim und der Wohntrakt waren doch früher einmal ein großes Anwesen. Vielleicht existieren ja doch noch alte Verbindungstüren. Auf jeden Fall werde ich mir alle Räume noch einmal von der Heimseite aus ansehen!"

Philipp meldete sich zu Wort. „In den Zockerkreisen kursieren Gerüchte über diesen Gisbert Niedermann. Er sei hoch verschuldet, heißt es! Der Tod seines Onkels soll ihm jetzt sehr gelegen kommen!

„So schätze ich ihn auch ein!", sagte Carlotta. „Ein richtiger Kotzbrocken!"

„Na, na, Carlotta!", sagte Robert Seitz. „Ich kann immer noch nicht ganz glauben, was ich in der letzten Zeit über diese Familie hören musste. Und nun willst Du auch noch Gisbert an den Kragen!"

Carlotta zuckte mit ihren Schultern. „Er ist ein Arschloch, Chef!" Und Hans-Dieter nickte. Daraufhin verließ Robert Seitz genervt das Büro.

„Ich mache euch einen Vorschlag", sagte Carlotta. „Wir durchsuchen jetzt das ganze Heim von oben bis unten, ob es Übergänge zur anderen Haushälfte gibt. Dabei nutzen wir die Gelegenheit, Frau Dr. Schulte und die Schwägerin nach dem entzündeten Muttermal zu fragen. Und dann, liebe Freunde, lade ich euch ein, mit mir in Langendreer eine Pizza zu essen! Was sagt Ihr zu diesem Vorschlag?"

„Gebongt!", meinten beide und holten sich ihre Jacken. Auch Carlotta zog sich ihre Lederjacke über und informierte Robert über ihr Vorhaben. Da sie zu dritt waren, fuhren sie mit einem Dienstwagen. Philipp war der Fahrer.

Im Eingangsbereich des Heims war diesmal keine Tante Käthe zu sehen, und sie gingen direkt in das Büro von Frau Dr. Schulte. Diese saß an ihrem Schreibtisch vor ihrem Computer. Beim Anblick der drei Beamten nahm ihr sonst so hübsches Gesicht einen unfreundlichen Ausdruck an.

„Was kann ich für Sie tun?", fragte sie unwirsch.

Carlotta trug ihr Anliegen vor, aber die Heimleiterin schüttelte vehement ihren Kopf.

„Das kommt gar nicht infrage. Sie werden mir noch durch Ihre Herumschnüffelei sämtliche Bewohner unruhig machen! Haben Sie überhaupt einen Durchsuchungsbefehl?"

„Nein, haben wir nicht, Frau Dr. Schulte. Aber ich bin sicher, Sie werden Ihre Meinung schnell überdenken, wenn ich Sie an Rohypnol und Ihre Vergehen in der Vergangenheit erinnere!", lächelte Carlotta.

Daraufhin gab die Heimleiterin auf, bestand aber darauf, die Beamten zu begleiten. Es gab einen Keller, zwei

Wohnebenen und einen Dachboden. Sie fingen mit dem Keller an. Hier unten befanden sich Heizungsraum, Wäscherei, Küche und eine Art Gymnastikstudio, wo Stuhltanz, Ballspiele und Bewegungstherapien angeboten wurden. Von der Küche aus gab es eine Tür nach draußen, dahinter führte eine Treppe hinauf in den Garten. Für den Transport der Speisewagen gab es – im Gegensatz zu dem Niedermann-Wohnsitz – einen Aufzug, der bis ins Dachgeschoss fuhr.

Carlotta und ihre beiden Kollegen orientierten sich erst einmal, um dann herauszufinden, welche Wände die beiden Haushälften trennten. Sie konnten keine Verbindung nach nebenan entdecken. Als sie zu dem Heizungsraum kamen, stellten sie fest, dass dieser verschlossen war. Carlotta schaute Frau Dr. Schulte an, worauf diese mit verkniffenem Gesicht einen Schlüsselbund aus ihrer Jackentasche zog, den Raum aufschloss und den Lichtschalter betätigte.

Ein Blick hinein und Carlotta triumphierte. „Na, wer sagt's denn!" Sie ging geradewegs auf die gegenüberliegende Tür zu, öffnete sie und blickte in einen Vorratsraum auf der anderen Hausseite.

„Der Heizungsraum kann dir doch nicht entgangen sein, Philipp!", sagte sie tadelnd.

„Ist er auch nicht", antwortete er. „Ich habe im Niedermannschen Keller die Tür geöffnet, in einen dunklen Heizungsraum geschaut und bin dann wieder hinausgegangen. Wer vermutet denn schon eine gemeinsame Heizung in diesem Haus? Und dazu noch von beiden Seiten erreichbar!"

Carlotta wandte sich an die Heimleiterin. „Wie kommt es, dass die Tür auf dieser Seite verschlossen ist, während man von der anderen Seite freien Zugang hat?"

„Wir wollen natürlich verhindern, dass sich unsere Bewohner, die hier unten Anwendungen haben, verirren und im Nachbarkeller landen!"

„Ja, das macht Sinn!", nickte Carlotta. „Aber Fakt ist auch, dass jemand am 17. Oktober durch diesen Heizungsraum in die Wohnung des Herrn Niedermann hätte gelangen können!"

„Das glaube ich eher nicht! Tagsüber trage ich den Schlüsselbund mit mir herum, und abends schließe ich ihn in meinem Schreibtisch ein!"

Carlotta nickte nachdenklich. „Kommt Jungs, schauen wir uns die anderen Etagen an", meinte sie dann. Aber hier waren keine weiteren Türen zum Nachbarn zu finden. Auf dem Boden angekommen, durchsuchten sie einige abgetrennte Nischen, in denen alte Möbel standen. Ein großer Schrank voller Bettwäsche und Inko-Material befand sich direkt neben dem Aufzug und Treppenaufgang. Es gab ein Dachfenster, vor dem eine Leiter stand, die wohl für den Schornsteinfeger gedacht war. Oder zum Putzen des Fensters, dachte Carlotta. Sie stieg auf die Leiter und öffnete probeweise das Fenster. Vor sich und seitlich sah sie eingebaute Tritt-Dachpfannen, die Zugang zu den beiden Schornsteinen boten, der eine zum Heim gehörig, der andere zur Niedermann-Seite, welcher größer und breiter war. Wahrscheinlich stammte der noch aus der Zeit vor dem Umbau, dachte Carlotta. Sie schloss das Fenster und stieg wieder von der Leiter herunter.

„Frau Dr. Schulte", sprach Carlotta die Heimleiterin an, die immer noch stur neben ihnen stand. „Ich habe noch eine ganz andere Frage. Ist Ihnen bekannt, ob der Verstorbene ein entzündetes Muttermal am Hals gehabt hat?"

„Ein entzündetes Muttermal?", fragte diese erstaunt. „Nein, das ist mir nicht bekannt. Allerdings hat er immer gerne ein Halstuch getragen. Deswegen ist es mir wahrscheinlich auch nicht aufgefallen!"

„Vielen Dank!", sagte Carlotta, und die Beamten verabschiedeten sich.

Nebenan schellten sie kurz bei Frau Niedermann an. Auf die Frage nach dem Muttermal am Hals antwortete sie: „Natürlich habe ich davon gewusst! Unzählige Male habe ich ihn gebeten, es entfernen zu lassen. Aber er ist ja so stur gewesen. Er hat einfach nicht auf mich hören wollen. Stattdessen hat er sich ein Halstuch umgebunden - eine Angewohnheit, die er sowieso sein ganzes Leben lang zelebriert hat - und so getan, als sei alles in Ordnung!"

Carlotta war zufrieden, dass sie mal wieder Recht gehabt hatte, und sie und ihre Kollegen machten sich auf den Weg nach Langendreer, wobei diesmal sie das Steuer übernahm.

Unterwegs meinte Hans-Dieter: „Ich fresse einen Besen, wenn dieser gemeinsame Heizungsraum die Frage nach unserem Mörder nicht wieder vollkommen offen lässt!"

„Stimmt", meinte Carlotta. „Alle, die davon wussten, könnten die Tat begangen haben. Die Schwägerin, Gisbert, die Schulte, der Hausmeister und die Putzfrau, die für die Kellerräume zuständig ist. Dazu das Personal der Wartungsfirma für die Heizung!"

„Oh nein", stöhnte Hans-Dieter.

„Nur eine Person ist jetzt entlastet!", sagte Carlotta.

Fragend schauten Hans-Dieter und Philipp sie an.

„Der Sohn natürlich! Es ist kaum anzunehmen, dass er diesen Zugang gekannt hat!"

Daraufhin schwiegen alle drei, bis sie bei der Pizzeria ankamen. Philipp und Hans-Dieter schauten verblüfft auf die Neonreklame über der Eingangstür. *Pizzeria Calabia* stand da. Philip pfiff durch die Zähne. „Glaubst du, es besteht eine Verbindung zu unserem Calabia?" fragte er.

„Wahrscheinlich nicht!", antwortete Carlotta. „Aber schau'n wir mal!"

Sie betraten das Restaurant und wurden von einem jungen Mann begrüßt.

„Buongiorno, Signora e Signori! Wie kann ich Ihnen helfen?"

„Indem Sie uns etwas zu essen bringen!", antwortete Carlotta gut gelaunt. Sie setzten sich an den Tisch vor dem Fenster, und jeder studierte aufmerksam die Speisekarte.

„Ich nehme nur einen Capricciosa und ein Mineralwasser", sagte Carlotta zu dem jungen Mann.

„Und ich nehme die Pizza Diavolo und ein alkoholfreies Bier!" Hans-Dieter schaute Philipp an. „Und du?"

„Ich nehme das Gleiche!"

„Bene!", sagte der Kellner und verschwand in der Küche.

Carlotta schaute sich um und bemerkte in der hinteren Ecke des Lokals einen älteren Herrn, der eine italienische Zeitung las. Sie und der Mann waren die einzigen Gäste.

„Um diese Zeit scheint hier nicht viel los zu sein", meinte sie dann. Als sie aus dem Fenster sah, blickte sie auf ein größeres Gebäude, und an der Einfahrt zu dem Haus stand auf einem Hinweisschild *Kinderheim Sonnenschein*. „Auch dort geht es nicht gerade lebhaft zu!", sagte sie zu ihren Kollegen und deutete mit ihrem Kopf auf die andere Straßenseite.

Da mischte sich der ältere Gast ein. „Die Kinder sind alle auf der Rückseite des Hauses. Dort befindet sich ein Spielplatz!"

„Ach so!", sagte Carlotta.

Der Mann kam zu ihnen an den Tisch. „Ich bin Paolo Calabia. In all den Jahren, in denen ich dieses Restaurant führe, habe ich viele Kinder kommen und gehen sehen. Und auch jetzt gibt es noch einige, die sich für ihr Taschengeld eine Pizza holen!"

„Paolo Calabia", wiederholte Carlotta nachdenklich. „Sagen Sie, Herr Paolo, ist Ihnen vielleicht die Bezeichnung Calabia Kuka bekannt?"

Da lachte er laut auf. „Calabia Kuka nicht, aber Kuka. Si, si, il piccolo Kuka!"

In seinen Erinnerungen versunken, machte er eine kleine Pause.

„Vor vielen Jahren bekamen wir immer Besuch von einem kleinen Jungen aus dem Waisenhaus von gegenüber. Er wurde von allen nur Kuka genannt. Ich wusste gar nicht, dass er sich auch meinen Namen zulegte!"

„Was wissen Sie noch über ihn?", fragte Carlotta gespannt.

„Ach, er war ein kleiner schüchterner Junge. Alle wussten, dass er ein Findelkind war, und während einige aus dem Heim adoptiert wurden, wollte ihn kein Mensch haben!"

„Warum das denn nicht?", fragte Carlotta neugierig.

„Weil er eine hässliche Narbe auf der Stirn hatte, vermute ich!", antwortete er.

Carlottas Gedanken begannen zu rasen. Wie ein Echo hörte sie die Stimmen von Tante Käthe und Elvira Falkenberg: „Der Schornsteinfeger von vorgestern Abend hat mich bange gemacht!" „Wir sind von einem dreisten Schornsteinfeger gestört worden. Er hat schräg über dem Auge eine hässliche Narbe gehabt!" Dazu der Bericht der Spurensicherung: „Rußpartikel an der Kleidung des Toten, in der Nähe des Kamins und hinter dem Vorhang der Terrassentür." Leiter vor dem Dachfenster des Seniorenheims!...

Mit einem Satz war sie auf den Beinen. „Wenn ihr gegessen habt, geht ihr rüber zum Waisenhaus und fragt, was aus diesem Kuka geworden ist. Lasst euch nicht abwimmeln! Dann nehmt ihr ein Taxi und fahrt damit zurück zur Dienststelle. Ich selbst muss jetzt dringend etwas erledigen und nehme das Auto!"

Sie schmiss einen 50-Euro-Schein auf den Tisch, und weg war sie!

Hans-Dieter und Philipp blickten sich verdutzt an.

„Was war das denn jetzt?", fragte Philipp. „Ist sie nun völlig übergeschnappt?"

„Nein!" Hans-Dieter schüttelte weise seinen Kopf. „Wenn einer alle Sinne beisammen hat, dann ist es La Croft!

In diesem Moment kamen ihre Getränke und bald darauf ihr Essen, und sie beschlossen, Carlottas Befehle der Reihe nach abzuarbeiten.

In Rekordzeit erreichte Carlotta das Niedermann-Haus.

„Entschuldigen Sie die Störung!", sagte sie, als die Schwägerin die Tür öffnete. „Ich muss dringend noch etwas überprüfen!"

Ohne die Antwort abzuwarten, marschierte sie in das Kaminzimmer und kniete sich vor die Feuerstelle. „Hm!", machte sie. Sie kroch weiter vor, so dass sie einen Blick nach oben in die Öffnung werfen konnte. Da, wie sie es sich gedacht hatte! Eingemauerte Eisenstege führten nach oben! Allerdings bedeutete das auch, dass sich dadurch der Durchmesser des Kamins verringerte. Nur ein Kind oder ein sehr schlanker Mensch würde hier hinauf- oder hinuntersteigen können.

Carlotta krabbelte zurück, stand auf und wischte sich die Hände an ihrer Hose ab.

„Der Schornsteinfeger, der hier bei Ihnen den Kamin reinigt, hat der eine Narbe über dem Auge?

„Nein", antwortete die immer noch überrascht aussehende Hausdame.

„Dann nichts für ungut, Frau Niedermann!", und schon war Carlotta wieder draußen.

Nachdem Hans-Dieter und Philipp aus Langendreer zurück waren, gingen sie zusammen in das Büro ihres Chefs. Als dieser von der Entdeckung des gemeinsamen Heizungskellers hörte und den sich daraus ergebenden Schlussfolgerungen bezüglich des mutmaßlichen Täters, stöhnte er auf. „Kinder, ich kriege Kopfschmerzen! Wissen wir also jetzt, wie der Sohn oder eine dritte Person ins Haus gelangen konnte?"

„Ich glaube nicht, dass der Sohn von diesem Durchgang wusste!", sagte Carlotta und berichtete nun, warum sie die Pizzeria so schnell verlassen hatte. „Die Narbe! Erinnert Ihr Euch an die Aussagen der beiden alten Damen an meinem ersten Tag? Auch unser Kuka hat eine Narbe über dem Auge! Außerdem soll er ein Findelkind gewesen sein! Das passt doch wunderbar zusammen! Ihr habt ja selber die Leiter vor dem Dachfenster gesehen. Ich bin sicher, dass er über den Kamin ins Haus gelangt ist! Den habe ich mir vorhin genau angesehen. Es gibt Eisenstege darin, die nach oben bzw. unten führen. Allerdings ist das nur möglich, wenn die Person sehr schlank ist! Und wenn eure Nachforschungen im Waisenhaus auch erfolgreich gewesen sind, haben wir ihn.

Hans-Dieter meldete sich zu Wort: „Gemäß den Unterlagen wurde er von Pastor Gründel als Findelkind im Waisenhaus abgegeben. Das Jugendamt übernahm die Vormundschaft, und er bekam einen Namen. Herbert Krause! Den fand er offenbar nicht gut, denn er nannte sich stets Kuka. Mit zwölf Jahren wurde er von einer Frau Sommer adoptiert. Mehr ist aus der Akte nicht zu ersehen! Außer, dass er im Krankenhaus mal genäht werden musste, da er die Treppe runter gefallen war. Das erklärt dann wohl die Narbe."

„Dann müssen wir uns an das Jugendamt wenden. Wir brauchen die Adresse von Frau Sommer! Mit dem Pastor möchte ich auch noch reden! Ich vermute, dass Herbert Krause/Sommer wahrscheinlich über ihn an seinen Vater herangekommen ist. Philipp, du kümmerst dich um die Tankstelle, die Gisbert auf dem Nachhauseweg angefahren haben könnte. Und schick die KTU ins Heim! Sie sollen beide Türen zum Heizungskeller und die Leiter sowie das Fenster auf dem Dachboden auf Fingerabdrücke untersuchen!"

Sie machte eine kleine Pause. „Ich habe ein ungutes Gefühl, Chef! Wenn die Schwägerin von dem Muttermal gewusst hat, dann mit Sicherheit auch Gisbert und die Schulte. Die hat mich angelogen, das habe ich bemerkt!"

Robert Seitz räusperte sich. „Wenn man unbemerkt ins Haus gelangen konnte, um bei Andreas Niedermann einen Herzinfarkt vorzutäuschen, warum dann noch die falsche Digitalis-Spur im Sherry?"

„Ich stelle mir das so vor", antwortete Carlotta. „Der Mörder betritt zwischen 18 und 18.20 Uhr den Raum, setzt bei dem schlafenden Hausherrn die Digitalis-Spritze und verschwindet wieder. Als Gisbert um 19 Uhr kommt, steht Calabia Kuka auf der Stirn des Toten. Was übrigens mit einem Permanent-Stift geschrieben worden ist. Gisbert erkennt, dass erstens sein Onkel tot ist und zweitens ein Unbekannter im Haus gewesen sein musste. Er beschließt zu verschwinden, benachrichtigt aber seine Mutter und die wiederum die Schulte. Eine der beiden Frauen hat meiner Meinung nach den Mord begangen, und eine von ihnen hat dann in der Nacht die Flasche präpariert. Das würde nämlich auf eine länger geplante Tat hinweisen, und nicht nur sie, sondern jeder Besucher käme als Täter infrage. Ich tippe auf die Frau Doktor! Die hat auch die notwendigen Fachkenntnisse. Motiv? Sie alle hatten Angst, Andreas

Niedermann könnte sein Testament zu Gunsten seines Sohnes ändern! Voilà!"

„Das klingt ja sehr schön!" meinte Robert. „Aber hast du auch Beweise?"

„Nein!", seufzte Carlotta.

KAPITEL 17

Jetzt war er nicht nur tot, jetzt war er auch noch ein gesuchter Mörder! Wie absurd war das denn? Als er Calabia Kuka auf die Stirn seines Vaters geschrieben hatte, hatte er noch nicht gewusst, dass dieser ermordet worden war. Ein Herzinfarkt, war sein erster Gedanke gewesen. Ohne es zu ahnen, hatte er also dem Mörder einen Strich durch die Rechnung gemacht, denn sein Vater landete anstatt in einem Sarg erst einmal auf dem Obduktionstisch der Gerichtsmedizin.

Und nun stand in der Zeitung, dass man seine DNA am Tatort gefunden hätte! Eine weitere Lachnummer! Einerseits machte es ihn verdächtig, aber andererseits hatte er nun die Bestätigung, dass er der Sohn von Andreas Niedermann war.

Er hatte heute ein langes Gespräch mit Pastor Gründel geführt. Er hatte Glück, dass dieser seit vielen Jahren von seinem schlechten Gewissen geplagt wurde. Offensichtlich war es für den Geistlichen eine Erleichterung, sich alle Einzelheiten über den Unfall seiner Mutter, die Fahrerflucht seines Vaters, den gefälschten Totenschein und seine Unterbringung in dem Waisenhaus von der Seele zu reden.

Als er adoptiert worden war, war er ein introvertiertes, schweigsames Kind gewesen. Die Hänseleien und Erniedrigungen hatten nie aufgehört, und er hatte jede Gelegenheit genutzt, sich der Realität zu entziehen. Erst seine Adoptivmutter hatte es geschafft, ihn aus der Reserve zu locken. Sie war ein fröhlicher Mensch gewesen und Schauspielerin am Bochumer Theater. Sie hatte dafür gesorgt, dass er eine gute Schulausbildung bekommen hatte, aber seine ganze Freizeit hatte er hinter den Kulissen der Bühne oder in der Maske verbracht. Mit Begeisterung und Faszination hatte er gelernt, wie man plötzlich durch Schminke, Perücken, Kleidung und eine veränderte Körperhaltung zu einer anderen Person werden konnte. Er war zum Maskottchen des Ensembles geworden, und manchmal, bei den Silvestervorstellungen, war er überraschend auf der Bühne aufgetaucht. Erheitert hatten die Schauspieler dann improvisieren müssen, was glücklicherweise ein großer Spaß für alle gewesen war!

Nachdem sein Vater ihn so rigoros abgewiesen hatte, hatte er sich nicht damit abfinden können. Da er ihn trotzdem hatte sehen wollen, hatte er sich eben etwas Besseres einfallen lassen müssen. Als Verwandlungskünstler hatte er da so seine Möglichkeiten gehabt.

Als er dann als Schornsteinfeger vom Dach aus in den zweiten Kamin hatte klettern wollen, hatte er eine interessante Beobachtung gemacht. Sein Vetter Gisbert war unten im Garten zu sehen gewesen. Er war durch die seitliche Garagentür verschwunden, um auf der anderen Seite durch das große Tor auf dem Buchenweg wieder zu erscheinen. Von dort aus war er dann ins Bockholt untergetaucht. Soviel also zu dem Alibi, das sein Cousin der Polizei genannt hatte.

KAPITEL 18

Der Anruf kam am nächsten Morgen um 10 Uhr. Philipp stürzte in Carlottas Büro und rief mit lauter Stimme:

„Pastor Gründel ist ermordet worden!" Carlotta sprang von ihrem Stuhl hoch.

„Wie, etwa der Pastor Gründel, der unser Findelkind im Waisenhaus abgegeben hat?"

„Ja", antwortete Philipp.

Er hatte es kaum ausgesprochen, als Robert Seitz und Hans-Dieter auch schon hinter ihm standen. Aufgescheucht durch diese Nachricht, waren die anderen Kollegen ebenfalls zu ihnen geeilt und warteten im Flur auf Philipps Erklärung.

„Gerade hat mich die Ortspolizei angerufen und den Mord gemeldet. Die völlig hysterische Gemeindereferentin, eine Frau Kestner, hat den Toten im Beichtstuhl liegend gefunden. Die Kollegen haben sie angewiesen, am Tatort zu bleiben. Sie sind nun vor Ort, und auf den ersten Blick scheint es, dass der Pastor erwürgt worden ist. Weshalb sie bei uns angerufen haben!"

Carlotta zerrte schon ihre Jacke vom Haken, als sie Philipp befahl:

„Ruf sofort die Beamten vom Erkennungsdienst, den Staatsanwalt und die Gerichtsmedizin an! Dann kümmerst du dich weiter um Gisbert! Finde die Tankstelle! Außerdem möchte ich gerne wissen, wo er sich heute Morgen aufgehalten hat! Hans-Dieter und ich fahren jetzt zum Tatort. Wo befinden sich eigentlich eure Ganzkörperkondome?"

Einer der Kollegen, die im Flur zugehört hatten, drehte sich grinsend um und holte aus dem Schrank hinter sich zwei eingeschweißte Tatortsets heraus. Carlotta schnappte sich beide Pakete und lief zu ihrem Auto. Hans-Dieter, der sich im Laufen auch seine Jacke anzog, kam hinterher.

In null Komma nichts waren sie bei der Kirche, und schon nach ein paar Metern hinter der Eingangstür kam ihnen ein unangenehmer Geruch entgegen. Die beiden Polizisten hatten in einem großen Bogen ein Absperrband um den Tatort gespannt. In der hinteren Ecke neben der Eingangstür legten Carlotta und Hans-Dieter ihre Jacken ab und zogen sich die weißen Plastikanzüge an. Nachdem sie die Kapuzen über ihre Köpfe gezogen hatten, reichte Hans-Dieter Carlotta noch die Überzieher für ihre Schuhe und die Handschuhe.

Vorsichtig näherten sie sich der offenen Tür des Beichtstuhls. Als sie den toten Pastor sahen, verschlug es ihnen im wahrsten Sinne des Wortes den Atem. Die erschlafften Schließmuskeln hatten für eine komplette Darmentleerung gesorgt, und aus dem leicht bläulich gefärbten Gesicht quollen die toten Augen hervor. Die sonst so glatte und ordentliche lila Stola, die der Geistliche immer während der Beichte trug, hing nun knautschig von seinem Hals herunter. Vielleicht hat man ihn ja damit erdrosselt, dachte Carlotta.

Da sie und Hans-Dieter auf die Kollegen warten mussten, zogen sie sich ihre Füßlinge wieder aus. Den Polizisten, der sich noch in der Kirche befand, postierten sie an der Eingangstür. Dann gingen sie in die Sakristei, wo der andere Polizist auf die Gemeindereferentin wartete, die sich gerade auf der Toilette übergeben musste. Kreidebleich kam Frau Kestner wieder zurück, und Carlotta und Hans-Dieter begannen mit der Befragung.

„Am besten erzählen Sie uns der Reihe nach, wie der heutige Morgen verlaufen ist. Lassen Sie sich ruhig Zeit!" Carlotta nickte ihr aufmunternd zu.

Die Frau musste sich sichtlich zusammenreißen, aber nach ein paar tiefen Atemzügen fing sie an, den Morgen detailliert zu beschreiben.

„Pastor Gründel und ich sind gegen 7.30 Uhr hier eingetroffen. Der Küster und der Organist haben schon auf uns gewartet, und gemeinsam haben wir dann die Vorbereitungen für die Morgenandacht in Angriff genommen. Diese beginnt immer um 8 Uhr. Wir haben vereinbart, dass ich dem Pastor assistiere. Die Andacht hat dann ungefähr 45 bis 50 Minuten gedauert. Der Organist ist anschließend nach Hause gegangen, und der Küster und ich haben dann die beiden großen, schweren Blumenvasen vom Altar in die Sakristei getragen. Wir haben die Tür hinter uns geschlossen, weil der Pastor, der noch auf ein Gemeindemitglied gewartet hat, bei einer Beichte immer Diskretion walten lässt. Der Termin ist für 9 Uhr eingetragen gewesen. Wir haben derweil die verblühten Sträuße entsorgt, die Vasen gereinigt und frische Blumen hineingetan. Weil wir uns mit dem Altarschmuck immer viel Mühe machen, hat das Ganze bestimmt fast eine halbe Stunde gedauert. Dann haben wir die Vasen wieder auf den Altar gestellt. Dabei habe ich bemerkt, dass die Tür vom Beichtstuhl offen stand, und in der Annahme, dass die Beichte vorbei und der Pastor schon gegangen war, habe ich sie schließen wollen. Dabei habe ich dann den Toten entdeckt. Genau weiß ich es nicht mehr, aber ich glaube, ich hab geschrien. Der Küster ist sofort angelaufen gekommen. Der hat mich dann in die Sakristei gebracht. Mit meinem Handy habe ich die Polizei verständigt, und der Beamte hat gesagt, ich soll hier warten!"

„Alle Achtung, Frau Kestner! Eine so präzise Zeugenaussage habe ich schon lange nicht mehr gehört!"

Diese deutete auf den neben ihr stehenden Polizisten. „Ich habe ja schon einmal alles erzählt, und er hat auch meine Aussage aufgenommen!"

„Wo ist denn jetzt eigentlich der Küster?", fragte Hans-Dieter.

„Dem habe ich erlaubt, zum Haus des Pastors zu gehen, damit er die Schwester und die Haushälterin verständigen kann!", sagte der Polizist. „Natürlich erst, nachdem ich auch seine Aussage aufgenommen hatte!"

Carlotta reichte der Gemeindereferentin die Hand. „Vielen Dank für Ihre gute Mitarbeit, Frau Kestner! Ich glaube, auch Sie können jetzt nach Hause gehen. Wenn Ihnen noch etwas einfällt, melden Sie sich bitte bei uns. Da fällt mir ein, wissen Sie welches Gemeindemitglied zum Beichten erwartet worden ist?"

„Leider nein", antwortete sie. „Pastor Gründel ist in solchen Sachen immer sehr verschwiegen gewesen!"

„Hat er heute noch andere Termine gehabt?", fragte Hans-Dieter.

„Um 11 Uhr hätte ein Taufgespräch stattfinden sollen. Nachmittags wollte er einen Krankenbesuch machen. Mein Gott, ich muss die Leute unbedingt noch benachrichtigen!"

„Tun Sie das!", sagte Carlotta. „Kommen Sie kurz mit, ich gebe ihnen noch meine Karte!"

Sie verließen die Sakristei und standen plötzlich einer großen Anzahl von ‚Schneemännern' gegenüber. Herr Dr. Roth, Paul, sowie die Leute vom Erkennungsdienst waren inzwischen eingetroffen und hatten sich bereits um den Toten gekümmert. Dieser lag auf einer großen Plastikunterlage. Man hatte ihm seine Kleidung ausgezogen, um nach weiteren Verletzungen zu suchen. Bei seinem Anblick keuchte Frau Kestner schockiert auf. Nach einem kurzen Blickwechsel mit Carlotta, nahm Hans-Dieter die Gemeindereferentin fürsorglich am Arm und begleitete sie in einem großen Bogen zum Kirchenausgang.

„Hier, nehmen sie meine Karte. Wenn etwas ist, rufen Sie mich an!", sagte Hans-Dieter und verabschiedete sich von ihr.

Carlotta ging unterdessen auf die am Tatort arbeitenden Kollegen zu.

„Und?", fragte sie.

Paul Schönefeld kam zu ihr und sagte: „Wahrscheinlich Tod durch Erwürgen. Der Kehlkopf ist eingedrückt, das Zungenbein ist gebrochen, und am Hals befinden sich Würgemale. Der restliche Körper ist unverletzt, das heißt bis auf ein paar abgebrochene Fingernägel. Er muss den Mörder heftig gekratzt haben. Der Staatsanwalt hat bereits beim Richter eine Obduktion beantragt."

„Irgendwelche Ideen zum Täter? Oder könnte es auch eine Täterin gewesen sein?", fragte Carlotta.

„Ich bezweifle, dass eine Frau die Tat begangen hat. Um jemanden zu erwürgen, muss man mit anhaltender Kraft zudrücken, denn der Tod tritt erst nach 10 Minuten ein. Das ist eine anstrengende Angelegenheit. Meiner Meinung nach ist der Täter ein kräftiger Mann, der es gewohnt ist, mit den Händen zu arbeiten. Wie es aussieht, hat er zuerst versucht, den Pastor mit seiner Stola zu erdrosseln, und dann hat er mit seinen Händen weitergemacht!"

„Hat er ihn denn nun erdrosselt oder erwürgt?"

Paul zuckte mit seinen Schultern. „Tot ist tot!"

„Ist der Pastor wohlmöglich noch einmal wieder zur Besinnung gekommen?"

„Möglich wäre es!"

„Sexspielchen werden es ja wohl nicht gewesen sein", meinte Carlotta ironisch. „Aber jemand, der von ihm etwas erfahren wollte, könnte sehr wohl diese Folter angewendet haben!"

„Wie meinst du das denn?", fragte Hans-Dieter.

„Überleg doch mal! Wir haben einen noch nicht aufgeklärten Fall bei den Niedermanns. Zwei Morde in dieser sonst so ruhigen Gegend halte ich nicht für einen Zufall. Mit Sicherheit gibt es einen Zusammenhang! Nur der Pastor hat gewusst, in welchem Waisenhaus er den Jungen damals untergebracht hatte. Will man den Sohn finden, nimmt man Kontakt mit ihm auf! Aber der hält sich an seine Schweigepflicht und lässt sich eher ermorden, als dass er dieses Geheimnis preisgibt. Wahrscheinlich auch, um diesen Herbert Soundso zu schützen."

„Nur bei dem Sohn hat er wohl eine Ausnahme gemacht!", meinte Hans-Dieter.

„Stimmt! Aber du musst dir sein schlechtes Gewissen über all die Jahre vorstellen! Sicher will er, dass dieser Herbert zu seinem Recht kommt. Seinem Geburtsrecht und seinem Erbrecht!"

„Da ist was dran!"

Dann wandte sich Carlotta wieder an Paul.

„Ich nehme an, dass wir hier nichts mehr tun können. Wir werden alle Verdächtigen in unserem ersten Mordfall nach ihren Alibis fragen. Und ich möchte noch eben bei der Schwester vorbeischauen. Vielleicht gibt es ja etwas Schriftliches von damals, was mehr Licht in die Angelegenheit bringen könnte!"

„Bist du dir nicht zu sicher, was die Richtung deiner Ermittlungen angeht? Es könnte doch auch ein ganz anderer Täterkreis infrage kommen!", fragte Paul.

„Natürlich werden wir in den nächsten Tagen noch jede Menge Befragungen durchführen, und dafür werde ich die Ortspolizei um Hilfe bitten. Ich bin aber fest davon überzeugt, dass es eine Verbindung zwischen den beiden Morden gibt! Du wirst ja sehen!"

Carlotta und Hans-Dieter zogen die weißen Plastiksachen wieder aus und gingen zu Fuß zum Pfarrhaus. Dort herrschte helle Aufregung. Nicht nur, dass die Schwester vor Trauer gebrochen in einem Sessel im Wohnzimmer saß, nein, in der Zeit, in der sie und die Haushälterin in der Morgenandacht waren, hatte man in dem Haus einen Einbruch verübt! Zumindest das Büro ihres Bruders war total durcheinander gebracht worden. Alle Schranktüren standen offen, und die Akten lagen zum Teil auf der Erde. Die Schubladen des Schreibtisches waren herausgezogen und durchwühlt worden.

„Ruf die Kollegen an! Wenn sie in der Kirche fertig sind, sollen sie hierher kommen!", sagte Carlotta zu Hans-Dieter.

Mitleidig beugte sie sich zu der schluchzenden Frau herunter.

„Es tut mir so leid, Frau Gründel!", sagte sie und legte mitfühlend ihre Hand auf deren Schulter. Dann fragte sie den Küster, der neben dem Sessel hockte:

„Haben Sie gleich die Polizei angerufen?"

„Nein!", antwortete dieser. „Das hatte die Haushälterin bereits erledigt! Aber bei einem normalen Einbruch kommen die ja nicht sofort angedüst. Wahrscheinlich werden sich dann die beiden Beamten, die in der Kirche sind, gleich auch hiermit befassen, da sie ja schon mal da sind!"

„Wo ist die Haushälterin jetzt?"

„Sie holt gerade ein Glas Wasser für Frau Gründel!"

Carlotta zog sich einen Stuhl heran, damit sie auf Augenhöhe mit der Frau sprechen konnte.

„Frau Gründel, ich weiß, es geht Ihnen gerade nicht so gut, aber ich muss Ihnen leider ein paar Fragen stellen. Und zwar geht es um den Sohn von Herrn Niedermann, den ihr Bruder vor Jahren in ein Waisenhaus gebracht hat. Wissen Sie davon?" Als Frau Gründel nickte, fuhr Carlotta fort: „Glauben Sie es existieren vielleicht noch irgendwelche Dokumente von damals, aus denen der Name des Heims hervorgehen könnte?"

„Nein", antwortete sie. „Den Namen hat er immer verschwiegen, und Unterlagen gibt es auch nicht darüber. Was auch gut so ist, denn seitdem Andreas Niedermann tot ist, haben einige Leute pausenlos hier angerufen!"

„Wer denn zum Beispiel?"

„Na, die Frau Niedermann, der Gisbert Niedermann, die Frau Dr. Schulte, die Tochter von ihr, diese Ava, und dann noch sein Rechtsanwalt!"

„Donnerwetter!", sagte Carlotta. „Da gibt es offensichtlich eine große Interessengemeinschaft!"

In diesem Moment kam die Haushälterin zurück und reichte der älteren Dame ein Glas Wasser. Carlotta ließ sich mit der nächsten Frage etwas Zeit.

„Die haben sich ja alle ausrechnen können, dass der Junge mit meinem Bruder Kontakt aufgenommen haben musste! Denn wie sonst hätte er an den Namen seines Vaters kommen können?", sagte Frau Gründel.

„Wissen Sie, was Ihr Bruder all den Anrufern geantwortet hat?" fragte Carlotta.

„Gar nichts hat er gesagt! Allerdings hat er mit dem Rechtsanwalt ein längeres Gespräch geführt! Auf meine Frage nach dem Inhalt hat er nur gelächelt und geschwiegen!"

„Wieso hat Ihr Bruder bei dem Sohn auf einmal seine Schweigepflicht gebrochen?", fragte Carlotta neugierig.

„Es ist ein so netter junger Mann, und mein Bruder hat sich all die Jahre schuldig gefühlt. Ein Sohn sollte seinen Vater kennen! Erst gestern Abend ist er hier gewesen! Sehen Sie die schönen Blumen dort in der Vase? Und die Kekse daneben? Die hat er mir mitgebracht!", antwortete sie und zeigte auf ein kleines Tischchen vor dem Fenster.

Die Verpackung der Kekse, eine Pappschachtel mit Rosenmuster, kam Carlotta vage bekannt vor, aber es fiel ihr nicht ein, woher.

„Er war also gestern Abend hier?", wiederholte Carlotta aufs Höchste interessiert.

„Ja! Mein Bruder und er haben lange im Arbeitszimmer gesessen und geredet. Ich bin schon im Bett gewesen, als er gegangen ist!"

„Wissen Sie, wie er heißt?", fragte Carlotta.

Frau Gründel schwieg.

„Keine Sorge, wir wissen bereits, dass er Herbert Sommer heißt!"

Frau Gründel schwieg weiter.

Es schellte und die Haushälterin ließ die Kollegen vom Erkennungsdienst und die beiden Ortspolizisten herein. Bevor sie ihre Fragen stellten, erklärten sie der Schwester des Pastors, dass der Leichnam jetzt der Gerichtsmedizin überstellt würde. Nach der Obduktion bekäme sie Nachricht, wann sie mit der Planung der Beerdigung beginnen könne. Daraufhin fing sie wieder an zu weinen, und die Haushälterin und der Küster trösteten sie.

„Meine Herren", sprach Carlotta die beiden Polizisten an. „Kann ich bei der Befragung der Leute, die an der Morgenandacht teilgenommen haben, und der Nachbarn mit Ihrer Hilfe rechnen? Schicken Sie bitte Ihre Berichte direkt an mich! Ich notiere mir eben Ihre Namen, und ich gebe Ihnen meine Karte!"

Als Carlotta und Hans-Dieter wieder zurück in ihrer Dienststelle waren, gingen sie zuerst zu ihrem Chef und erstatteten Bericht.

„Mann!" Robert Seitz raufte sich die Haare. „Ich fasse es nicht! Du denkst, es besteht ein Zusammenhang zwischen den beiden Morden?"

„Ja!", antwortete Carlotta. „In jedem Fall werde ich sie alle nach ihren Alibis befragen. Und da fange ich doch gleich mit Gisbert Niedermann an. Mal sehen, was Philipp herausbekommen hat!"

Sie rief Philipp an, und alle nahmen Platz, um seinen Bericht zu hören.

„Der Besitzer der Tankstelle, die sich direkt am Ring befindet, hat bestätigt, dass Gisbert am 17. Oktober vor seiner Heimfahrt getankt hat, und zwar ungefähr um 15.30 Uhr! Das weiß er, weil dieser jeden Mittwoch, allerdings meistens später am Abend, nach dem Training dort auftaucht. Und das immer in Begleitung seines Freundes. Die Angestellten und er würden über dieses illustre Pärchen stets ihre Witze reißen. Für sie heißen die beiden Siegfried und Roy, weil so blond Gisbert ist, so dunkelhaarig und -häutig ist sein Freund. Nach dem Tode seines Onkels ist er übrigens nicht mehr zum Training gekommen."

„Was seinen Arbeitseinsatz in der Bank angeht", fuhr Philipp fort „so geht er, glaube ich, recht locker damit um. Wie wir ja jetzt wissen, arbeitet er mittwochs nicht. Als freiberuflicher Mitarbeiter kann er sich selbst seine Zeit einteilen, solange er als Anlageberater Erfolg hat. Der Erfolg hält sich jedoch sehr in Grenzen, aber als Neffe vom alten Niedermann gesteht man ihm wohl ein paar Gratisbonuspunkte zu. Bezüglich seiner Schulden geht das Gerücht, dass er zwei Tage nach dem Mord an seinem Onkel 20.000 Euro bezahlt haben soll. Der Zeitpunkt scheint aber eher ein Zufall zu sein, weil er in den letzten sechs bis acht Wochen nach dem gleichen Muster gehandelt hat. Er geht zocken, verzockt sich, macht Schulden, und ein paar Tage später löst er die Schuldscheine wieder ein."

Nun verzog Philipp sein Gesicht zu einem freudigen Grinsen. „Das Beste kommt zum Schluss. Das LKA hat uns darüber informiert, dass sich gestern ein Zeuge gemeldet hat, der gesehen haben will, wie am 15. Oktober, also am Abend des letzten Bankraubes in Wanne-Eickel, ein maskierter Mann in einen kleinen Sportflitzer gestiegen ist! Die Farbe hat er wegen der Dunkelheit nicht beschreiben können. Er meint, dass es sich um ein grünes oder blaues Fahrzeug gehandelt haben könnte. Auf das Nummernschild habe er nicht geachtet. Allerdings sei ihm aufgefallen, dass das Lenkrad auf der falschen Seite gewesen ist! Im übrigen hat man auch herausgefunden, dass bei der Explosion die Gasflasche manipuliert war und deshalb beim Befüllen des Automaten vorzeitig hochging. Vielleicht hatte sein Komplize etwas nachgeholfen? Das wär's! Ach so, das hab ich ja ganz vergessen. Gisbert hat für heute Morgen ein Alibi. Er ist in der Bank gewesen!"

„In der Garage von Andreas Niedermann steht ein englisches Auto! Gisbert hat uns doch selbst von dem Morgan erzählt!", ereiferte sich Hans-Dieter.

„Das ist nur einer seiner vielen Fehler!", knurrte Carlotta. „Er hat uns also wieder beschwindelt, was seine Rückkehr vom Nürburgring angeht. Er hätte gut vor 18 Uhr hier sein können! Na warte, Bürschchen, diesmal bist du dran!

„Was ist mit dem Zeugen? Hat das BKA seinen Namen?", fragte sie Philipp.

„Jetzt ja! Der Anrufer hat seinen Namen nicht genannt. Dabei hat er nicht bedacht, dass der Polizist, mit dem er gesprochen hat, seine Nummer im Display sehen konnte. Bei dem Rückruf hat sich eine Frau Schneider gemeldet, die eine weitere Auskunft verweigert hat. Man hat aber herausgefunden, dass der Anschluss einer Maria Gründel gehört. Sie wollen sie heute noch aufsuchen und befragen."

„Das sollen sie mal schön bleiben lassen, verdammt noch mal! Das ist doch die Schwester von dem ermordeten Pastor, du Idiot! Mit Sicherheit ist es der Bruder gewesen, der angerufen hat! Ruf die Kollegen an. Die sollen mit der Befragung warten! Die Frau hatte heute schon genug zu ertragen!" Mit diesen Worten scheuchte Carlotta Philipp nach draußen, rief ihn dann aber wieder zurück. „Ansonsten gut gemacht! Danke!" Und Philipp war wieder besänftigt.

„Ich brauche einen Durchsuchungsbefehl für die Garage vom alten Niedermann und die Wohnung von Gisbert!", sagte Carlotta.

„Weiß eigentlich jemand, wo der wohnt?", fragte sie dann.

„Meines Wissens wohnt er in Gerthe", antwortete Hans-Dieter. „Ich kann dir die Anschrift besorgen!"

„Und was ist mit dem Gärtnerhaus? Da gibt es doch auch noch ein Appartement!"

„Dort wohnt Frau Dr. Schulte mit ihrer Tochter!"

„Ach so!", sagte Carlotta.

„Aber den Durchsuchungsbefehl wirst Du heute nicht mehr bekommen. Ich schätze, vor Montag geht gar nichts!", meinte Hans-Dieter.

„Das werden wir ja sehen!" antwortete Carlotta.

KAPITEL 19

Nach diesem ereignisreichen Tag entschied sich Carlotta, auf dem Heimweg in der Kuchen-Kammer noch einen Kaffee zu trinken. Außerdem gab es dort so leckere belegte Baguettes, die ihr als Abendbrot genau richtig erschienen. Bereits vor der Tür hörte sie lautes Gelächter, und als sie hereinkam, konnte auch sie sich ihr Lachen nicht verkneifen. Mit verblüffender Genauigkeit parodierte Leander gerade das Pferd und den Diener von König Artus aus dem Musical vom Abend von vor zwei Tagen. Dazu hielt er zwei Plastikaschenbecher in den Händen, die er zu dem Takt seiner Schrittfolge gegeneinander schlug. Nun erkannte Carlotta auch seine Zuschauer. Es war die Gruppe, mit der sie beide im Theater nach der Vorstellung noch ein Glas Wein getrunken hatten. Als er Carlotta bemerkte, hörte er auf. Lachender Beifall folgte, und auch sie applaudierte amüsiert.

Sie setzte sich an einen Tisch und gab bei der Bedienung ihre Bestellung auf. Nach ein paar Minuten kam Leander zu ihr und gab ihr lachend einen Begrüßungskuss auf die Wange.

„Nun, schöne Frau, wie war dein Tag heute?", wollte er wissen.

„Frag mich lieber nicht!"

„So schlimm?"

„Noch schlimmer!", und weil Carlottas Magen knurrte, schnappte sie sich das inzwischen von der Bedienung gebrachte Baguette und biss herzhaft hinein. Die munteren jungen Leute machten sich für den Aufbruch bereit, und Leander ging zu ihnen. Auf dem Weg nach draußen fragte eines der Mädchen den jungen Mann neben sich: „Treffen wir uns morgen Nachmittag wieder hier in der Ku-Ka?"

Carlotta erstarrte! Ganz langsam legte sie ihr Baguette wieder hin. Leander drehte sich zu ihr um. Lange schauten sie sich in die Augen, als wären sie allein in dem Café. Er machte einen Schritt in ihre Richtung, und sie stand auf. Mit einem blitzschnellen Satz war Carlotta bei ihm und zerrte ihn am Arm in die Küche. Dort war Gott sei Dank niemand zu sehen.

„Du blöder Irrer!", schnauzte sie ihn an. „Von deinem Treppensturz im Heim ist offensichtlich nicht nur deine Narbe übrig geblieben! Du musst doch nachhaltig gestört sein!"

Vorsichtig schob sie seine Mütze nach oben. Da war sie, die ach so schreckliche Narbe! Carlotta fand sie gar nicht so schlimm, und impulsiv zog sie seinen Kopf nach unten und drückte einen leichten Kuss auf die Stelle. Leander, der mit angehaltenem Atem auf ihre Reaktion gewartet hatte, zog sie befreit in seine Arme.

„Ach Carlotta, ich hab doch gewusst, dass du mich nicht für einen Mörder halten würdest!"

Dankbar drückte er sie fest an sich.

„Hm!", sagte sie und dachte, dass er für eine Bohnenstange ganz schön starke Oberarme hatte. Sie machte sich von ihm los.

„Sag mir, warum du dich als Schornsteinfeger verkleidest und über Dächer kletterst!"

„Meine Mutter war eine Schauspielerin", begann er.

„Ja, das erklärt alles!" sagte sie ironisch

„Nach Schulschluss ging ich immer zu ihr ins Theater. Ich machte dort meine Hausaufgaben, und danach hielt ich mich oft hinter den Kulissen auf. Die Maskenbildnerin war meine große Freundin, und alles begann damit, dass sie mir zeigte, mit welchen unterschiedlichen Mitteln ich meine Narbe verstecken konnte. du kannst dir sicher vorstellen, wie sehr mich das fasziniert hat!"

„Ja, das kann ich", antwortete Carlotta nachdenklich.

„Schon bald wurde ich recht geschickt darin, auch mein gesamtes Aussehen zu verändern. Schließlich war ich täglich Zeuge, wie sich die Schauspieler für ihre jeweiligen Rollen vorbereiteten. Dicke Bäuche, falsche Bärte und Perücken waren mein Spielzeug!"

„Aber Leander", begann Carlotta und stutzte dann. „Wieso eigentlich Leander? Wo Du doch Herbert heißt!"

Dieser zuckte mit seinen Schultern und lachte.

„Wie ich schon sagte, meine Mutter war Schauspielerin. Sie war mit Leander Haußmann befreundet. Und außerdem klingt Leander wie Lysander aus dem Sommernachtstraum von Shakespeare. Verstehst du?"

Auch sie musste schmunzeln und fuhr dann mit ihrer ursprünglichen Frage fort:

„Das ist ja alles ganz schön und gut, aber zwischen Theaterbühne und dem wirklichen Leben besteht ein himmelweiter Unterschied. Kannst du das nicht sehen?"

„Sieh mal, vor dem Tod meines Vaters war ich für meine Tante bestimmt nur ein unwichtiges Würstchen, das sie bedenkenlos vor die Tür setzen konnte. Auf Anweisung des Hausherrn, vermute ich. Heute verstehe ich ja, dass er nicht mit seiner schlimmen Vergangenheit konfrontiert werde wollte. Aber damals habe ich mir den Kopf zerbrochen, wie ich mein Hausverbot umgehen könnte! Ich kann eben manchmal sehr stur sein!"

„Aber wie bist du auf die Idee gekommen, dich als Schornsteinfeger zu verkleiden?", fragte Carlotta neugierig.

„An dem besagten Mittwoch beschloss ich, das Heim von innen unter die Lupe zu nehmen! Ich mischte mich unter die Besucher, fuhr mit dem Aufzug in jede Etage und machte dort jeweils eine kleine Runde, bis ich auf dem Dachboden war. Hier entdeckte ich die Leiter und das Fenster!"

„Wie konntest du denn unbemerkt durch das ganze Heim laufen?"

„Oh, ich war ein distinguierter älterer Herr, der sich seine zukünftige Bleibe anschauen wollte!", antwortete er bescheiden.

„Du bist ja verrückt!", sagte Carlotta und lachte.

„Nachdem ich nun wusste, wie es gehen konnte, kam ich später wieder zurück."

Carlotta wurde ernst. „Warst du auch unten im Keller?"

„Nein, warum sollte ich?", fragte Leander.

„Weil es doch einen Durchgang zur anderen Seite gibt, und zwar durch den Heizungsraum!"

„Ach, das hätte ich wissen sollen!", meinte er.

„Sei froh, denn morgen, schätze ich, werden die Türen nach Fingerabdrücken untersucht. Der Mörder deines Vaters ist wahrscheinlich hierdurch in den Salon gelangt!"

„Tja", Leander überlegte und entschloss sich, Carlotta von seiner Beobachtung zu erzählen, die er oben vom Dach aus gemacht hatte, und schloss mit den Worten: „Das Alibi meines Vetters kannst du also in der Pfeife rauchen!"

„Das weiß ich bereits! Wie es scheint, sind er und sein Freund bekannt wie bunte Hunde. Jeden Mittwoch, nach dem Training, tanken sie an der gleichen Stelle. Wir wissen daher also bereits, dass er schon viel früher hätte zurück sein können!"

„Sein Freund? Meinst du etwa den Hausmeister?", fragte Leander.

„Woher kennst du denn den?"

„Während meiner Observierung des Hauses ist mir aufgefallen, dass sie sehr befreundet sein müssen! Ich habe sie öfter zusammen gesehen!"

„Du hast das Anwesen observiert? Warum das denn? Das muss doch aufgefallen sein!"

„Nun, es ist so", begann Leander zögernd. „Nachdem ich spontan Calabia Kuka auf die Stirn meines Vaters geschrieben hatte, wurde mir zu Hause erst klar, welchen Fehler ich begangen hatte. Zu dem Zeitpunkt wusste ich zwar nicht, dass er ermordet worden war, aber meine Hinterlassenschaft würde Fragen aufwerfen. Durch meine Tante würde man auf mich kommen, und dann geriete ich schwer in Erklärungsnot! Ich überlegte, wie sie mich beschreiben würde. Gesehen hatte sie einen schlanken langhaarigen Durchschnittstyp. Meine Narbe war zum großen Teil durch meinen Pony bedeckt. Außerdem hatte ich sie mit Make-up kaschiert!"

„Du hattest Haare?", unterbrach ihn Carlotta.

Er nickte bedauernd.

„Aber warum hast du sie denn abgeschnitten?" Verständnislos schaute Carlotta ihn an.

„Das erkläre ich dir doch gerade! Ich wollte nicht, dass man mich aufgrund ihrer Beschreibung finden würde. Meinen Namen hatte ich nie genannt, das heißt, dazu hatte man mir erst gar keine Gelegenheit gegeben. Also rasierte ich mir noch in der Nacht eine Glatze, was meine Freunde übrigens cool fanden!"

„Ha, Deine Tante hielt dich für schwul!"

„Nein!" Er lachte amüsiert auf.

„Und was hat das mit der Observierung auf sich?"

„Ich war neugierig. Als bekannt wurde, dass mein Vater wegen der Schrift auf seiner Stirn obduziert werden würde, war ich bestürzt. Dann hörte ich, dass dadurch eine Überdosis Digitalis entdeckt worden war, und ich war sprachlos. Denn plötzlich war ich nicht mehr der harmlose Spinner, der über Dächer kletterte, sondern ich stand unter Mordverdacht!"

Er schaute sie fragend an. „Mir ist immer noch nicht klar, wie ihr an meine DNA gekommen seid. Den Filzschreiber hatte ich nämlich als Souvenir mitgenommen!"

„Blut am Fensterriegel und Haare am Vorhang!", informierte Carlotta ihn mit zuckersüßer Stimme.

„Und meine Fingerabdrücke?", fragte er dann.

„Konnten nicht zugeordnet werden!"

Nach einer Weile meinte Leander: „Zumindest ist jetzt bekannt, wer mein leiblicher Vater ist!"

Mit einer großartigen Geste sagte er mit erhobener Stimme: „Calabia Kuka, der Sohn, der dem Mörder einen Strich durch die Rechnung machte!"

In normalem Tonfall fuhr er dann fort: „Übrigens, als ich inkognito unterwegs war, befand ich mich zweimal ganz in eurer Nähe!"

„Und wann?", fragte Carlotta gespannt.

„Einmal am Freitag nach dem Mord! Ich glaube, da hattest du deinen ersten Arbeitstag. Dein Kollege Bauermann stieß damals mit einem dicken, stinkenden Säufer zusammen. Beim zweiten Mal wollten drei gewalttätige Jugendliche einen armen Bettler verprügeln!"

Carlotta konnte ihn nur stumm anschauen.

„Kurze Zeit später konnte ich dann auf der Rückseite des Heims unter dem offenen Bürofenster euer Gespräch mit Frau Dr. Schulte belauschen. Dadurch erfuhr ich, dass ich bereits tot war und auch den Namen meiner richtigen Mutter! Ja, und den Rest der Geschichte, die Unfallflucht meines Vaters und das alles, erfuhr ich gestern in einem langen Gespräch mit Pastor Gründel!"

Bei der Nennung dieses Namens zuckte Carlotta zusammen, und der grausige Anblick des Toten, den sie während ihrer Unterhaltung mit Leander erfolgreich verdrängt hatte, stand wieder vor ihren Augen. Dieser erneute Mord würde heute Abend oder spätestens morgen in den Nachrichten sein.

„Ich muss noch etwas anderes mit dir besprechen. Es wäre mir aber lieb, wenn wir dabei ungestört blieben!", denn während ihres Gesprächs war doch hin und wieder die Bedienung in die Küche gekommen.

Leander schaute auf die Uhr. „Warte noch einen Augenblick, bis ich den Laden abgeschlossen habe, dann können wir zu mir nach oben in die Wohnung gehen!"

In seiner Wohnung schaute sich Carlotta interessiert um. Alternativ, war ihr erster Gedanke. Altes war mit Neuem kombiniert. Bunte Stoffe und die witzigen Deko-Sachen machten die Wohnung verblüffend gemütlich.

„Setz dich!", sagte Leander. „Möchtest du ein Glas Wein haben? Oder lieber etwas Alkoholfreies?"

Bei dem Gedanken an das, was sie ihm gleich mitteilen würde, krampfte sich ihr Magen zusammen. Lieber etwas Entspannendes!

„Ein Glas Wein, bitte!"

„Rot oder weiß?"

„Rotwein wäre mir lieb."

Nachdem er die Gläser gefüllt hatte, prosteten sie sich zu, und er lächelte sie gutmütig an.

„Na, was ist so wichtig, dass du es mir erst hier sagen willst?"

Carlotta räusperte sich, holte tief Luft und sagte dann zögernd:

„Heute Morgen ist Pastor Gründel in seinem Beichtstuhl tot aufgefunden worden. Jemand hat ihn erwürgt!"

„Was?" Schockiert knallte er sein Glas so fest auf den Tisch, dass es zerbrach. Schnell breitete sich der Rotwein aus, und Leander sprang fluchend hoch, um einen Lappen zu holen. Während er versuchte, den Schaden zu beheben, feuerte er pausenlos Fragen auf sie ab.

„Wie ist das möglich? Warum erwürgt? Wie? Ist denn niemand in der Nähe gewesen, der ihm hätte helfen können? Welches Schwein tötet denn einen Pastor?"

Fassungslos setzte er sich wieder hin. Carlotta stand auf, nahm ein neues Glas aus dem Schrank und goss ihm erneut Wein ein.

„Hier, trink erst mal noch einen Schluck!", denn was sie ihm jetzt sagen musste, würde ihn erneut aus der Fassung bringen.

„Wir ermitteln in alle Richtungen. Ich persönlich bin jedoch davon überzeugt, dass es zwischen dem Mord an deinem Vater und dem Mord an dem Pastor einen Zusammenhang gibt. Ich glaube nicht an Zufälle!"

„Warum denkst du das?", fragte er.

„Es tut mir leid, aber in beiden Fällen bist du der Grund!", antwortete sie.

„Spinnst du jetzt total? Ich bin doch nicht der Grund für irgendwelche Morde! Das ist doch absurd!"

„So absurd auch wieder nicht! Warum wohl tötete man deinen Vater?"

„Ich habe keine Ahnung!"

„Aus Angst, er könnte sein Testament zu deinen Gunsten ändern!"

„Quatsch! Ich wollte doch gar nicht an sein Geld!" Leander schüttelte den Kopf.

„Wissen das deine Verwandten? Ganz sicher nicht! Nachdem du aber deine Spuren am Tatort hinterlassen hattest, fingen sie an, dich zu suchen. Die Schwester des Pastors berichtete uns, dass von da an die Niedermanns sowie auch die Schulte und ihre Tochter mit dem Pastor reden wollten. Alle fragten nach deinem Namen, deinem Wohnort und sogar den Namen des Waisenhauses wollten sie wissen. Dort sind wir ja schließlich auch auf dich gestoßen. Bei dir nicht, aber bei den anderen hatte er sich stur auf seine Schweigepflicht berufen. Wir wissen nicht, was er ihnen darüber hinaus noch alles sagte. Er war dir scheinbar sehr zugetan! Vielleicht hatte er gedroht, das an dir begangene Unrecht öffentlich zu machen, sollte man dich nicht anerkennen! Wer weiß? Vielleicht hatte er auch Gisbert erpresst, weil er ihn bei dem letzten Bankraub gesehen hatte. Mit einem englischen Auto. Das untersuchen wir gerade noch!"

„Wie bitte?" Erschreckt sah Leander hoch.

„Ja, der gute Pastor hatte anonym, wie er glaubte, bei der Polizei angerufen. Er beschrieb das Auto, aber der Fahrer war angeblich maskiert gewesen. Was ich nicht glaube, denn wenn ich mich nach einer Explosion von der Bank entferne, setze ich doch erst einmal die Sturmhaube ab!"

„Willst du damit sagen, Gisbert ist ein Bankräuber?" Total erschlagen lehnte sich Leander im Sofa zurück.

„Wir haben den Verdacht! Er hat ein auffälliges ‚Schulden machen – Schulden bezahlen'-Verhalten. Außerdem glauben wir, dass er den Ventilkopf der Gasflasche manipuliert haben könnte, so dass es beim letzten Überfall zu einer vorzeitigen Explosion kam!"

„Habt ihr dafür Beweise?"

„Wie ich schon sagte, wir arbeiten daran!" Carlotta schaute ihn schräg von der Seite an. „Interessante Cousins hast du! Ich meine, du weißt doch, wer Ernesto Fuertes war, oder?"

„Zuerst nicht. Von Pastor Gründel hatte ich aber erfahren, dass mein Vater noch zwei Brüder hatte und beide jeweils einen Sohn. Den Namen Ernesto Fuertes jedoch erfuhr ich erst aus der Zeitung, als darüber berichtet wurde, dass ein Niedermann-Spross während eines Banküberfalls verunglückt war."

Leander schaute betreten nach unten. Schuldbewusst dachte er an Ernesto, das Geld und die Medikamente. Das würde er Carlotta zu einem späteren Zeitpunkt beichten müssen! Jetzt schwirrte ihm erst mal der Kopf, der voll mit Informationen und Trauer über den Tod des Pastors war.

Beide schwiegen eine Weile. Dann sagte Carlotta:

„Für mich ist klar, dass der Mörder etwas wissen wollte, denn er hatte Pastor Gründel erst mit der Stola traktiert und dann mit den Händen weitergemacht. Vielleicht war es also gar kein geplanter Mord, zumal vorher sein Büro durchwühlt worden war!"

„Ich hätte dir das jetzt gar nicht alles erzählen dürfen", fuhr sie fort. „Aber es ist mir wichtig, dass du den Ernst deiner Lage erkennst! Du bist nämlich in Gefahr, mein Lieber!"

„Blödsinn!"

„Ach ja? Was ist, wenn der Pastor doch deinen Namen genannt hat? Dann wird es nicht mehr lange dauern, bis man dich gefunden hat!", warnte ihn Carlotta.

„Ich muss jetzt erst einmal gründlich nachdenken. Das kann ich am besten, wenn ich koche! Also, wie ist es? Hast du Lust, mit mir zu Abend zu essen?"

Da Carlotta ihr Baguette nicht aufgegessen hatte, stimmte sie erfreut zu. Leander kochte eine große Portion Spaghetti mit Fleischsoße. Dazu passte auch der Rotwein wunderbar!

Es wurde ein friedlicher Abend. Jeder ging seinen eigenen Gedanken nach, und Carlotta schlief irgendwann auf dem Sofa ein! Belustigt schaute Leander zu ihr rüber. Irgendwie sah sie im Schlaf richtig niedlich aus. Gar nicht mehr so taff!

Wie alt mochte sie wohl sein? Ob sie immer noch in Paul verliebt war? Seufzend stand er auf und holte eine Decke.

Als Carlotta am nächsten Morgen erwachte, stand Leander in einem schlabberigen T-Shirt und Bermudas vor dem Sofa und hielt ein Frühstückstablett in den Händen.

„Guten Morgen, Liebes!"

„Was? Nicht schon wieder!" Entsetzt sprang sie hoch, und Tablett und Frühstück flogen in alle Richtungen!

KAPITEL 20

Diese Frau war ihm ein Rätsel! Eine tickende Zeitbombe war nichts dagegen! Nachdem ihm das Frühstück, das er liebevoll für sie zubereitet hatte, um die Ohren geflogen war, zog sie sich hastig ihre Stiefel an und, während sie etwas Unverständliches vor sich hin murmelte, schnappte sie sich ihre Tasche und ihre Jacke. Weg war sie!

Fassungslos blieb er in seinem Wohnzimmer stehen und steckte sich gedankenverloren das Rührei in den Mund, das an seinem Hemd kleben geblieben war.

Dann riss er sich zusammen. Er wäre in Gefahr, hatte sie gesagt. Das stimmte zwar, aber damit konnte er umgehen. Carlotta wusste nicht alles über ihn!

Er könnte erst einmal untertauchen und ein paar alte Kontakte reaktivieren. Und dann würde er sich dringend um diesen Blödmann Gisbert kümmern müssen.

Carlotta war ein Fall für sich. Er begann, sich ernsthaft für sie zu interessieren. Was verbarg sich hinter ‚Katze' und ‚La Croft'? Geheimnisse übten schon immer eine unwiderstehliche Anziehungskraft auf ihn aus!

Seine Fingerabdrücke an der Terrassentür und auf dem Dachboden machten ihm Sorgen. Er war ein Idiot gewesen und verfluchte sich für seinen Leichtsinn.

KAPITEL 21

Carlota stürmte an Frau Blum vorbei, ohne sie zu grüßen.

„Chef, ich muss mit Ihnen reden! Vertraulich!", platzte sie heraus, als sie das Büro von Robert Seitz betrat. Dieser faltete aufreizend langsam seine Zeitung zusammen und meinte dann freundlich:

„Robert, Carlotta. Ich heiße Robert!"

„Ach, ist doch egal! Ich habe Herbert Sommer gefunden!", sagte sie triumphierend.

„Und? Warum hast du ihn noch nicht verhaftet?"

„Pah! Mit welcher Begründung denn?"

„Steht er etwa nicht unter Verdacht, seinen Vater ermordet zu haben?"

„Gegenfrage. Stehen Gisbert und Frau Dr. Schulte nicht ebenfalls unter Verdacht? Sind die vielleicht verhaftet worden?"

„Gut gekontert!", lachte Robert. „Wo hast du denn nun diesen Kerl entdeckt?"

„Er betreibt ein Café ganz bei mir in der Nähe, im Ehrenfeld! Und stell dir vor, Chef, der Laden heißt Kuchen-Kammer!"

Abwartend schaute sie ihn an. Als er nicht reagierte, wiederholte sie mit übertriebener Betonung auf jeder einzelnen Silbe: „Kuchen-Kammer! Ku-Ka!"

Robert Seitz lachte.

„Schau mal einer an! Da liegt das Geheimnis ja direkt vor jedermanns Nase! Scheint ein gewitzter Bursche zu sein, dieser Herbert Sommer!"

„Leander!", verbesserte ihn Carlotta. „Die Frau, die ihn adoptierte, war Schauspielerin!"

„Ach so!", schmunzelte Robert und kratzte sich den Kopf. „Das erklärt natürlich alles!"

Carlotta nickte lächelnd. Sie berichtete nun ausführlich, was sich am vergangenen Abend zugetragen hatte, allerdings nur bis zum Abendessen, versteht sich. Sie schloss mit den Worten:

„Ich habe versucht, ihn zu warnen. Nach dem Tod des Pastors halte ich es für wahrscheinlich, dass der Mörder weiterhin auf der Suche nach ihm ist. Daher auch meine Bitte um ein vertrauliches Gespräch. Je weniger Leute seine Identität kennen, je sicherer ist er!"

„Vielleicht hast du Recht, denn außer dem unbefugten Betreten des Hauses seines eigenen Vaters kann man ihm nichts vorwerfen!", meinte er.

„Vielleicht noch Totenschändung! Oder Verletzung der Würde eines Toten! Wie soll man sonst die Beschriftung der Stirn eines Leichnams bezeichnen? Stell dir vor, Chef, der alte Niedermann sollte mit dem Namen seines Sohnes, den dieser sich während seiner Kindheit selbst zugelegt hatte, beerdigt werden! Dieser Spinner!"

Weil das bei Carlotta fast liebevoll klang, schaute Robert Seitz sie schräg von der Seite an. Na, das war ja interessant! Er gab sich einen Ruck:

„Also einverstanden! Seine Identität bleibt vorläufig unter uns. Aber jetzt trommle endlich die anderen zusammen, damit wir mit der Dienstbesprechung anfangen können!"

Carlotta, Hans-Dieter, Philipp, Robert Seitz und zwei andere Kollegen begaben sich in das Besprechungszimmer, wo alle Platz hatten.

Zu dem Mord an dem Pastor hatten sie noch keine neuen Erkenntnisse. Die Befragung der Anwohner in der Umgebung der Kirche und dem Pfarrhaus durch die Ortspolizei ergab, dass einige der Leute in der Morgenandacht waren, andere bereits auf dem Weg zur Arbeit. Zur Zeit des Einbruchs hatte niemand etwas Auffälliges bemerkt. Nur ein kleines Mädchen, das auf dem Bürgersteig vor dem Haus des Pastors Fahrradfahren geübt hatte, erzählte, dass es beinahe in einen schwarzen Mann gebraust wäre.

Carlotta beschloss, zusammen mit Hans-Dieter noch einmal mit Maria Gründel zu sprechen. Sie war sich sicher, dass die alte Dame viel mehr von den Geheimnissen ihres Bruders wusste, als sie ihnen verraten hatte. Außerdem befürchtete Carlotta, dass sie deshalb in Gefahr schweben könnte.

Sie waren gerade im Begriff, das Büro zu verlassen, als die Durchsuchungsbefehle für Gisberts Wohnung und die Garage eintrafen. Carlotta vollführte spontan einen Freudentanz.

„Kinder, das ändert alles! Ich dachte schon, mein Tag würde langweilig werden! Philipp, du kontaktierst den Staatsanwalt und kommst mit ihm in die Waldstraße. Dort schnappt ihr Euch die Beamten vom Erkennungsdienst, die sich bereits im Heim aufhalten, und kommt rüber zu den Niedermanns! Sollte der Staatsanwalt Termine haben, versuche, ihn zu überreden. Wenn es nicht klappt, ruf mich an! Hans-Dieter und ich fahren noch schnell bei Frau Gründel vorbei!"

Sie packte die beiden Gerichtsbeschlüsse in ihre Tasche.

„Wir werden heute ein paar Leute verärgern!", strahlte sie in die Runde. „Ist das nicht schön?"

Sie fuhren zum Pfarrhaus. Dort war allerdings niemand zu Hause. Die Nachbarin erzählte, dass ein junger Mann die beiden Frauen ganz früh am Morgen abgeholt hätte.

„Sahen sie so aus, als wollten sie verreisen?", fragte Carlotta.

„Ja", antwortete sie. „Die beiden hatten zwei Koffer dabei!"

„Haben Sie eine Ahnung, wo Frau Gründel und ihre Haushälterin hingefahren sein könnten?"

„Leider nein. Aber hin und wieder verbringt die Schwester des Pastors ein bis zwei Wochen in einem Kloster!"

Carlotta war zufrieden. „Das scheint mir eine gute Idee zu sein. Haben Sie vielen Dank!"

„Und nun?", fragte Hans-Dieter.

„Jetzt fahren wir zur Villa. Mal sehen, ob Gisbert bei seiner Mutter ist. Sonst müssen wir ihn noch dorthin bestellen. Für die Durchsuchung seiner Wohnung brauchen wir ihn in jedem Fall. Bei der Garage reicht die Anwesenheit von Frau Niedermann.

Das Handy von Hans-Dieter klingelte. Die Gemeindereferentin war dran. Nachdem er das Gespräch beendet hatte, sagte er:

„Erinnerst du dich an die Zeugenbefragung hier? Es wurde doch ein kleines Mädchen erwähnt, dass einen schwarzen Mann gesehen hatte."

Carlotta nickte.

„Heute Morgen auf dem Weg zur Schule ist es von jemandem angesprochen worden, der eine genaue Beschreibung von dem Einbrecher haben wollte. Als sie aber nichts erzählen konnte, hat er sich höflich verabschiedet und ist gegangen. Übrigens ein blonder Mann mit Stachelhaaren!"

„Siegfried und Roy!", entfuhr es Carlotta.

„Stimmt!", sagte Hans-Dieter. „Wir sollten uns Fotos von den beiden besorgen und dann noch einmal mit der Kleinen reden!"

„Fahren wir endlich los!", bestimmte Carlotta. „Mach unauffällig Fotos, wenn du kannst!"

Als sie in der Waldstraße ankamen, hörten sie schon auf der Treppe durch das Wohnzimmerfenster ein lautes Stimmengewirr. Hans-Dieter wollte gerade die Klingel betätigen, als Carlotta ihn zurückhielt. Durch den Zeigefinger über ihren Lippen gab sie ihm zu verstehen, dass sie mithören wollte. Leise gingen sie um die Ecke. Durch die große Scheibe der Terrassentür konnten sie Gisbert, seine Mutter, Frau Dr. Schulte, ihre Tochter Ava, den Hausmeister, die Putzfrau und den Gärtner sehen. Alle hielten sie geöffnete Briefe in den Händen und redeten wild durcheinander. Am deutlichsten konnte man Gisbert verstehen.

„Was soll das heißen?", fragte er aufgebracht. „Sie kommen als Erbe in Betracht! Das Eröffnungsprotokoll und eine Fotokopie des Testamentes werden Ihnen zugeschickt, sobald der Haupterbe gefunden worden ist. Der Haupterbe? Das bin doch ich! Das Nachlassgericht kann doch nicht so verblödet sein und diesen Herbert Krause meinen! Außerdem steht er meines Wissens immer noch unter Mordverdacht!"

Also hatte der Pastor vor seinem Tod den Namen doch weitergegeben, dachte Carlotta.

Dann hörte man seine Mutter, Frau Niedermann. „Du kannst es drehen, wie du willst. Er hat Anspruch auf seinen Pflichtteil!"

„Kommt nicht infrage!", fauchte Gisbert.

Carlotta gab Hans-Dieter ein Zeichen, und sie gingen wieder zurück zur Haustür. Hans-Dieter schellte. Die Putzfrau öffnete ihnen die Tür und führte sie in den Salon.

Gisbert stolzierte auf sie zu.

„Sie kommen gerade richtig! Warum haben Sie den Mörder, diesen angeblichen Sohn, nicht schon längst verhaftet?"

„Aus dem gleichen Grund, aus dem wir auch Sie bisher nicht verhaftet haben!", schnauzte Carlotta ihn an. Sie warf einen Blick in die Runde.

„Damit Sie es wissen, ich persönlich halte Sie alle für verdächtig! Und Sie, Herr Niedermann, woher wissen Sie eigentlich, dass Ihr Vetter Herbert Krause heißt? Nur Pastor Gründel kannte seinen Namen, und der ist bekanntlich ermordet worden. Nicht wahr?"

Sie machte eine Pause.

„War das der Grund? Musste Herr Gründel deshalb sterben? Oder vielleicht auch, weil er Sie am Abend des 15. Oktober in Wanne-Eickel gesehen hatte!"

Frau Niedermann atmete scharf ein und schaute entsetzt auf ihren Sohn.

Gisbert protestierte heftig. „Was wollen Sie mir denn da anhängen? Wo ich am 15. Oktober war, weiß ich nicht mehr. Aber gestern Morgen habe ich gearbeitet. Dafür gibt es Zeugen!"

Carlotta schaute in die Runde.

„Und Sie, wo waren Sie in der fraglichen Zeit? Sie alle hätten Herrn Niedermann ermorden können. Warum nicht auch den Pastor?"

Die Anwesenden reagierten mit einem aufgeregten Wortschwall, und Frau Dr. Schulte sagte empört: „Jetzt ist es aber genug, Frau Voß! Schlimm genug, dass Sie uns verdächtigen, Andreas umgebracht zu haben, aber jetzt auch noch den Pastor? Das ist doch Schwachsinn!"

„Glauben Sie? Warum haben Sie, Ihre Tochter, Herr Niedermann und seine Mutter in der letzten Zeit ständig im Pfarrhaus angerufen? Sie wollten den Namen des jungen Mannes wissen, und wie mein Kollege und ich gerade von der Terrasse aus hören konnten, ist er Ihnen jetzt bereits bekannt!"

Gisbert geriet ins Schwitzen.

„Pastor Gründel wird ihn wohl während unseres letzten Telefongesprächs erwähnt haben!", antwortete er dann geistesgegenwärtig und schaute sie triumphierend an.

„Belassen wir es vorerst dabei!", sagte Carlotta. Ihr Blick richtete sich auf den Hausmeister. Sie erinnerte sich an ihn und seinen Namen. Er hieß Carlo Rogalski. Bei der damaligen Befragung der Hausangestellten war er ihr gar nicht besonders aufgefallen. Er war ein gut aussehender, schlanker Mann. Seine Haare trug er wie Gisbert. An den Seiten kurz und oben gegelt. Als schwarzen Mann würde sie ihn nicht gerade beschreiben, aber er hatte schwarze Haare und war braun gebrannt. Sie schaute auf seine Hände. Er trug Arbeitshandschuhe. Je länger sie ihn anschaute, um so unruhiger wurde er.

„Sie sind mit Gisbert Niedermann befreundet. Ist das richtig?", fragte sie ihn.

„Ja, wir kennen uns schon viele Jahre!", antwortete er lächelnd.

„Würden Sie auch für ihn töten?" Seelenruhig ging Carlotta auf ihn zu. Erschrocken sah er sie an.

„Zeigen Sie mir bitte Ihre Hände und Ihre Unterarme!", befahl sie.

Als er sich weigern wollte, eilte Hans-Dieter zu ihm und hielt ihn unerbittlich fest. Gisbert wollte empört seinen Freund aus der Umklammerung befreien, aber mit einem gekonnten Nahkampfgriff setzte Carlotta ihn außer Gefecht. Dann zog sie dem Hausmeister die Handschuhe aus und rollte seine Hemdsärmel nach oben.

Die anwesenden Damen holten erschrocken Luft, als sie die tiefen Kratzspuren sahen. Nicht so Carlotta. Sie nickte nur grimmig und sagte dann:

„Wollen wir wetten, Herr Rogalski, dass die Gerichtsmediziner Ihre fehlende Haut unter den Fingernägeln von dem Pastor finden werden!"

„Das kann gar nicht sein. Ich habe dem Gärtner geholfen und mich an den Rosensträuchern im Garten verletzt. Stimmt's, Peter?"

Dieser nickte zögernd.

„Ist das wahr?", fragte Carlotta den Gärtner. „Hat er Ihnen geholfen?"

„Ja. Vor ein paar Tagen."

Carlotta wandte sich wieder an den Hausmeister.

„Herr Rogalski, diese Kratzspuren auf Ihren Armen und Händen sind doch noch ganz frisch und nicht ein paar Tage alt! Aus diesem Grund werde ich sie jetzt vorläufig festnehmen wegen Mordverdachts und Fluchtgefahr!"

Gisbert ging hastig auf den sichtlich erschütterten Carlo zu, fasste ihn am Arm und sagte beruhigend:

„Keine Sorge, mein Lieber. Ich kümmere mich darum!"

Dann drehte er sich wütend zu Carlotta um.

„Ich will sofort meinen Anwalt sprechen!"

„Ja, rufen Sie ihn an. Er soll möglichst schnell hierher kommen, denn ich erwarte jeden Moment die Ankunft des Staatsanwaltes mit unseren Kollegen von der Spurensicherung. Ich habe zwei vom Richter genehmigte Durchsuchungsbefehle. Einen für Ihre Wohnung in Gerthe, Herr Niedermann, und einen für die Garage hinten im Garten!"

Alle Augen richteten sich fassungslos auf Carlotta, und als Gisbert endlich seine Worte wiederfand, drohte er damit: „Das werden Sie bereuen, Frau Kommissarin!", und spuckte vor ihre Füße. Dann schnappte er sich sein Handy und wollte den Raum verlassen.

„Aber nein, Herr Niedermann, bleiben Sie doch bei uns!", meinte Carlotta freundlich.

Zähneknirschend bestellte er dann seinen Anwalt in die Villa.

Hans-Dieter hatte in der Zwischenzeit dem Hausmeister Handschellen angelegt und wies ihn an, sich in einen Sessel zu setzen. Fragend blickte er Carlotta an.

„Was ist mit der Putzfrau, dem Gärtner und Ava? Können die nach Hause gehen?"

„Aber sicher", antwortete sie. Bevor die drei den Raum verließen, stellte sie Ava eine Frage:

„Sagen Sie mir, warum auch Sie bei dem Pastor angerufen haben?"

Ava holte tief Luft, richtete sich in ihrer vollen Größe auf und indem sie ihrer Mutter trotzig in die Augen sah antwortete sie:

„Ich wollte nur meinen Halbbruder kennen lernen!"

Mit diesen Worten ging sie hinaus. Die beiden anderen folgten ihr.

Carlotta, die schon länger den Verdacht hegte, dass Ava die Tochter von Andreas Niedermann war, schaute Gisbert spöttisch an. Dieser war zu einer Salzsäule erstarrt.

„Haben Sie etwa nicht gewusst, dass Ihr Onkel zwei leibliche Kinder hatte? Das tut mir aber jetzt furchtbar leid!"

Hans-Dieter musste Frau Niedermann abstützen, die aufgrund dieser neuen Hiobsbotschaft leicht schwankte. Krampfhaft hielt sie sich an ihm fest, um sich dann vorwurfsvoll an Frau Dr. Schulte zu wenden.

„All die Jahre haben Sie mich getäuscht! Sie und Andreas? Ich habe immer geglaubt, dass Sie beide zwar befreundet wären, aber in erster Linie eine geschäftliche Beziehung hätten!"

Frau Dr. Schulte blieb ungerührt.

„Das ist jetzt über 22 Jahre her! Wir hatten eine kurze Affäre. Mein Mann ließ sich dann von mir scheiden, und Andreas sorgte für Avas Ausbildung. Sein Traum war, dass sie, wie Gisbert, einmal in der Bank arbeiten würde!"

Während dieser Erklärung saß Gisbert regungslos in seinem Sessel. Er hatte sich nach vorne gebeugt. Die Ellbogen auf den Oberschenkeln abgestützt, hielt er mit beiden Händen seinen Kopf fest. Fast, aber auch nur fast, hatte Carlotta Mitleid mit ihm.

In diesem Moment schellte es, und herein kamen Philipp und der Staatsanwalt sowie die Kameraden von der Spurensicherung. Im Nu war der Raum voller Menschen.

Frau Dr. Schulte, die sich offensichtlich unwohl fühlte, fragte:

„Warum kann ich nicht auch nach drüben gehen? Ich bin ja schließlich nicht aus der Welt!"

Carlotta, die eigentlich vorgehabt hatte, auch die Heimleiterin in die Zange zu nehmen, verschob in Gedanken ihren Plan und nickte zustimmend.

Sie mussten noch eine halbe Stunde warten, bis der Anwalt von Gisbert eintraf.

„Mein Name ist Gerd Grote", stellte er sich vor. „Um mir einen Überblick zu verschaffen, möchte ich mit meinem Mandanten erst allein sprechen!"

Gisbert und er verschwanden im Arbeitszimmer. Als sie wieder zurückkehrten, ließ er sich die beiden Durchsuchungsbefehle zeigen. Dann nickte er.

„In Ordnung. Schauen wir uns zuerst die Garage an!"

Carlotta wandte sich an Philipp. „Bring du schon mal Herrn Rogalski zur Wache. Die sollen ihn bis Montag in eine Zelle stecken. Wenn seine DNA unter den Fingernägeln des Pastors gefunden wird, kann er dem Haftrichter vorgeführt werden. Sie sollen auch einen Abgleich seiner Fingerabdrücke vornehmen. Vielleicht hat er im Haus des Geistlichen und in der Kirche Spuren hinterlassen."

Dann folgten sie und Hans-Dieter den Männern in den Garten. Gisbert ging zögernd voran. Er öffnete die Seitentür der Garage und schaltete die Beleuchtung an. Es standen zwei Autos dort. Der Morgan in British Racing Green und ein 350er Mercedes in Anthrazit Metallic. Die Männer waren sofort hin und weg, und auch Carlotta hatte ihre Freude beim Anblick dieser beiden Schönheiten.

„Wer außer Ihnen fährt denn noch mit den Autos?", wandte sich Carlotta an Gisbert.

„Frau Dr. Schulte und meine Mutter benutzen öfter den Mercedes. Mit dem Morgan mache ich hin und wieder eine kleine Spritztour!", antwortete er vorsichtig.

Beide Fahrzeuge wurden gründlich untersucht. Die Beamten räumten die Autos ganz leer, konnten aber nichts Ungewöhnliches entdecken. Gisbert schien erleichtert, zuckte aber wieder leicht zusammen, als Hans-Dieter auf die Gasflasche zeigte, die in der Ecke stand.

„Benutzen Sie solche Gasflaschen, wenn Sie losziehen, um die Bankautomaten zu knacken?"

„Keineswegs, dann benutze ich Semtex!", antwortete er frech. „Wir grillen mit Gas, und wenn Sie genau hinschauen, werden Sie in der anderen Ecke auch unseren Gasgrill stehen sehen!"

Hier mischte sich Gerd Grote ein:

„Keine lächerlichen Anschuldigungen gegenüber Herrn Niedermann, bitte! Und du, Gisbert, unterlass gefälligst deine blödsinnigen Bemerkungen über Semtex!"

Die Autos wurden ausgesaugt und auf Fingerabdrücke untersucht. Die Polster wurden mit einer Flusenrolle bearbeitet. Dann packten die Beamten ihre Sachen zusammen, und man beschloss, nun in Gisberts Wohnung zu fahren. Als man dort auch nichts fand, waren Carlotta und Hans-Dieter total frustriert und enttäuscht. Sie mussten sich nun bis zur nächsten Woche gedulden, bis die Ergebnisse der Spurensuche vorliegen würden.

„Hast du eigentlich Fotos von dem Hausmeister und Gisbert machen können?", fragte Carlotta.

„Habe ich!", schmunzelte Hans-Dieter.

„Das ist gut, dann können wir ja dem kleinen Mädchen am Montag die Fotos zeigen!"

„Mann, ich bin vielleicht sauer!", fuhr sie fort. „Wir haben nichts gefunden! Ich bin mir sicher, dass Gisbert nicht unschuldig ist!"

„Mühsam ernährt sich das Eichhörnchen!", tröstete er sie und gab ihr einen freundschaftlichen Schubs in die Seite.

KAPITEL 22

Carlotta freute sich schon auf ihren Feierabend. Sie würde bei Leander vorbeifahren und sich für das morgendliche Desaster entschuldigen. Ob er wohl geflucht hatte, als er das im ganzen Wohnzimmer verteilte Frühstück wieder aufsammeln musste? Sie schüttelte den Kopf über sich selbst. Anscheinend entwickelte sie sich langsam zu einer Chaos-Braut! Erst die Sache mit Paul und jetzt Leander! Na gut, mit ihm hatte sie offensichtlich nicht geschlafen, obwohl sie das im ersten Moment gedacht hatte. Reumütig erinnerte sie sich an sein fassungsloses Gesicht, als sie panikartig seine Wohnung verließ. Ansonsten hatte er ganz süß ausgesehen in seiner Bermuda-Hose und dem Schlabberhemd. „Liebes", hatte er sie genannt. Kein Wunder, dass sie so durcheinander gewesen war. Von ihrer Warnung, dass er durchaus in Gefahr sein könnte, hatte er sich keineswegs beeindruckt gezeigt. Angst hatte er offensichtlich keine, dieser glatzköpfige Möchtegern-Houdini!

Sie betrat das Café und blickte sich suchend um. An den Tischen saßen ein paar Leute, und die Bedienung und ein junger Mann, den Carlotta von dem Theaterbesuch her kannte, standen hinter der Theke. Sie ging auf die beiden zu.

„Ist Leander heute nicht da?", fragte sie.

„Nein, der ist abgereist! Bis auf weiteres bin ich für den Laden verantwortlich. Den Schlüssel für seine Wohnung hat er mir auch gegeben. Ich kann sogar dort wohnen!", erklärte er.

„Ja aber warum denn?", stotterte Carlotta. „Heute Morgen habe ich ihn doch noch gesehen, da hat er nichts davon erwähnt!"

„Ach, ich glaube, der wollte sowieso nicht ewig bleiben. Er ist erst nach dem Tod seiner Mutter hier aufgekreuzt, um die Beerdigung zu organisieren und alle Behördengänge zu erledigen. Da er ihr Erbe ist, gehört dieses Haus jetzt ihm!", erklärte die Bedienung.

„Wo hat er denn vor dem Tod seiner Mutter gelebt?"

„Das weiß niemand so recht!", antwortete sie.

Wie betäubt bestellte sich Carlotta einen Cappuccino und setzte sich tief in Gedanken an einen Tisch. Sie verstand die Welt nicht mehr! Etwas war ihr offensichtlich entgangen!

Die Bedienung brachte ihr den Kaffee und sagte:

„Er hat mal davon gesprochen, dass er den Laden verpachten würde, wenn seine Familienangelegenheiten geklärt wären!"

Hm, Familienangelegenheiten? Damit waren doch bestimmt seine Bestrebungen gemeint, seinen Vater kennen zu lernen und etwas über seine leibliche Mutter zu erfahren. Jetzt vielleicht aber auch, um eine zweite Erbschaft anzutreten. Wer weiß? Aber warum ist er dann verschwunden? Dieser Blödmann hätte doch etwas sagen können!

Sie bezahlte und ging die paar Meter um die Ecke zu ihrem türkischen Gemüsehändler. Sie würde sich einen Salat mit gebratenem Halloumi machen. Dazu Fladenbrot und ein Gläschen von dem Rotwein, den sie noch im Schrank hatte. Doch Halt! Besser keinen Wein! Sie konnte schließlich nicht bei jeder Enttäuschung zum Alkohol greifen!

Als sie beim Öffnen ihrer Wohnungstür bemerkte, dass diese gar nicht mehr abgeschlossen war, schrillten bei ihr sämtliche Alarmglocken. Vorsichtig stellte sie ihre Tasche und Tüten auf die Erde. Gewohnheitsmäßig wollte sie zu ihrer Waffe greifen, aber die hatte sie in ihren Schrank im Kommissariat eingeschlossen, bevor sie nach Hause aufgebrochen war. Vorsichtig öffnete sie die Tür, und ein herrlicher Duft nach Knoblauchhähnchen stieg ihr in die Nase. Wer zum Teufel...? Wer war da in ihrer Küche? Mit einem breiten Lächeln kam Leander, die Bohnenstange, in den Flur.

„Hallo, Carlotta! Komm doch rein. Ich hab uns was Leckeres gekocht!"

Das war denn jetzt doch die Höhe! Sie hatte sich den Kopf zerbrochen und sich Sorgen gemacht! Ganz zu schweigen, wie enttäuscht sie über seine vermeintliche Abreise gewesen war!

„Wie bist du hier hereingekommen?", fragte sie mit strenger Stimme.

„Dein Schloss war kein großes Problem!"

Gelassen ging er in den Flur und holte ihre Sachen.

Nun brauchte Carlotta doch ein Glas Rotwein, schon allein, um das komische Glücksgefühl hinunter zu schlucken, das ihr im Hals stecken geblieben war.

„Also", begann sie. „Warum bist du noch hier?"

„Du hast doch selbst gesagt, dass der Kerl, der den Pastor ermordet hat, es jetzt auf mich abgesehen habe könnte. Und ich dachte mir, hier bei dir bin ich bestimmt am sichersten!"

Ach, stimmt ja, dachte Carlotta. Leander konnte noch nicht wissen, dass sie den Hausmeister vorläufig festgenommen hatten. Während des Essens erzählte sie ihm nun von ihrem Tag bei den Niedermanns, der so glorreich begann und so enttäuschend endete.

„Warum hast du nicht gleich Durchsuchungsbefehle für den Wohntrakt meines Vaters und für das Heim beantragt? Ich glaube nämlich auch, dass Gisbert Dreck am Stecken hat!"

„Die Indizien, die wir bisher gegen ihn oder diese Frau Dr. Schulte in der Hand haben, reichen dafür eben nicht aus. Alle unsere Verdachtsmomente gegen ihn basieren auf der Aussage des Pastors, dass er Gisbert vor der Bank in Wanne Eickel gesehen haben will. Leider ist der ja nun tot, und heute Morgen habe ich dann auch noch seine Schwester verpasst, die vermutlich mehr darüber hätte sagen können!"

„Ja, ich weiß!", sagte Leander. „Ich habe Frau Gründel und ihre Haushälterin heute Morgen zu dem Kloster gefahren, in dem die beiden schon öfter mal Ferien gemacht hatten. Mir ist nämlich auch der Gedanke gekommen, dass sie in Gefahr sein könnte!"

„Du?", fragte Carlotta erstaunt.

Er zuckte mit seinen Schultern.

„Ich fühle mich schuldig! Der Pastor ist meinetwegen ermordet worden, und jetzt bin ich für seine Schwester verantwortlich!"

„Wahrscheinlich hat sich die Situation geändert! Mittlerweile hast du eine Halbschwester, die vermutlich auch erbberechtigt ist, und du wirst als Haupterbe gesucht!"

„Wer hätte das gedacht? Die kleine Ava!" Leander schüttelte den Kopf.

„So klein ist die gar nicht! Sie hat eine ähnliche Figur wie du. Bloß bei ihr würde man von einem langbeinigen Super-Model sprechen!"

„Bei mir etwa nicht?"

Er stand auf und stolzierte äußerst gekonnt wie auf einem Laufsteg durch die Küche. Carlotta musste so lachen, dass sie sich an ihrem Wein verschluckte und fürchterlich husten musste. Wohlwollend klopfte er ihr auf ihren Rücken und beugte sich zu ihr herunter.

„Geht es wieder, Liebes?", fragte er scheinheilig.

Mann, schon wieder dieses Wort! Langsam wurde er ihr unheimlich!

„Was hast du denn jetzt vor?", fragte sie, immer noch etwas atemlos.

„Ich werde dir helfen!", antwortete er schlicht.

„Wie soll das denn wohl gehen?", fragte Carlotta nachsichtig.

„Habt Ihr Euch schon über die Zocker-Szene schlau gemacht, in der Gisbert verkehrt?"

„Das ist Philipps Sache! Leider bin ich heute nicht dazu gekommen, ihn zu fragen, ob er über neue Informationen verfügt!", antwortete sie.

„Also hier, im Bermuda-Dreieck, geht das Gerücht um, dass die Albaner in der Nähe eurer Dienststelle ein illegales Spielcasino betreiben! Auch von Geldwäsche ist in diesem Zusammenhang die Rede!", erzählte Leander.

Fragend schaute er sie von der Seite an. Es war ihm ein Rätsel, warum die Ermittler nicht schon längst selbst darauf gekommen waren.

„Seit dem Tod von Andreas Niedermann sind keine weiteren Bankautomaten mehr gesprengt worden. Und was ich von Gisbert weiß, deutet alles ganz klar auf eine Spielsucht hin. Also steckt er vermutlich schon längst wieder in der Bredouille. Weißt du, wenn du erst einmal in deren Machenschaften verstrickt bist und deine Schulden nicht bezahlen kannst, dann fackeln die nicht lange! Gisberts Chancen, an Geld zu kommen, sind im Moment ja nicht die allerbesten. Bisher hat er immer behaupten können, dass er von seinem Onkel viel Geld erben würde. Aber nun wird seine Lage immer verzweifelter und er unberechenbarer!"

Carlotta musste ihm Recht geben. Es war naiv von ihr gewesen zu glauben, dass mit der Verhaftung des Hausmeisters die Gefahr gebannt sein würde. Sie überlegte, ob sie Philipp anrufen sollte, aber da es schon sehr spät war, verschob sie diesen Anruf in Gedanken auf den nächsten Morgen.

„Was hältst du von folgendem Vorschlag: Ich schlafe heute Nacht hier. Morgen nehme ich dich mit ins Theater, denn dort steht mein Verkleidungskoffer!"

„Du hast einen Verkleidungskoffer?", wiederholte Carlotta fragend.

„Ja, ein altes Erbstück von meiner Adoptivmutter, welches sie mir gleich bei meinem Einzug geschenkt hatte. Sylvia wiederum hatte ihn von ihrer Mutter zur Einschulung bekommen. Die Innenseite des Deckels war mit vielen bunten Sternen beklebt, und in der Mitte stand ‚Die alte Krähe wünscht dir eine schöne Schulzeit!'. Während dieser drei Generationen wurde der Koffer für Verkleidungsutensilien benutzt, und da alle meine Geburtstagsfeiern ein Motto hatten, kannst du dir ja sicher vorstellen, was da im Laufe der Jahre zusammengekommen ist. Von Zeit zu Zeit habe ich natürlich auch wieder viel aussortiert, denn die Zeit der Kindergeburtstage ist ja leider vorbei!" Leander schaute sie lächelnd an.

„Warum steht er dann im Theater? Ist das bei deinem offensichtlich starken Bedürfnis nach Rollenspielen denn nicht zu umständlich?"

Weil Ernesto ihn nicht sehen sollte, hätte er am liebsten geantwortet. Aber besser, er verschwieg das noch eine Weile!

„Im Theater kann ich auch mal die Maskenbildnerin in Anspruch nehmen! Die mag mich noch von früher und kann mir so leicht nichts ausschlagen! Also, hast du Lust, eine kleine Charade mit mir aufzuführen?"

Carlotta dachte mit Grauen an die Halloween-Party und schüttelte ablehnend den Kopf.

„Nein, von solchen Aktivitäten habe ich die Nase voll! Und wieso überhaupt?"

„Hör dir doch erst mal meinen Plan an! Wir verkleiden uns im Schauspielhaus und mischen uns dann unter die Besucher des Altenheims. Durch den Heizungskeller können wir uns in beiden Wohnbereichen frei bewegen. Frau Dr. Schulte wird vermutlich am Wochenende nicht arbeiten. Vielleicht haben wir Glück, und Frau Niedermann und Gisbert befinden sich ausnahmsweise mal in ihren eigenen Wohnungen! Stell dir vor, wir hätten dann so etwas wie einen Undercover-Einsatz!"

Bei dieser Bemerkung achtete er genau auf ihre Reaktion. Sie war deutlich zusammengezuckt. Er hatte sich inzwischen über sie schlau gemacht und war über ihre

Hamburger Zeit informiert. Die Katze vom Kietz! Innerlich musste er grinsen!

Carlotta ihrerseits konnte ihn nur stumm anschauen.

„Du bist doch irre!", sagte sie dann und brach in hemmungsloses Gelächter aus. „Willst du mich auf den Arm nehmen? Du musst total durchgeknallt sein, wenn du mir einen solchen Vorschlag machst!"

„Ha, hast du mich etwa als Bettler erkannt? Ist dein Kollege Bauermann nicht auch auf mich hereingefallen? Würde mich meine Tante so, wie ich jetzt aussehe, wiedererkennen?"

Das brachte sie zum Schweigen. Es stimmte ja. Seine Verkleidungen waren gut! Und sie erinnerte sich daran, dass auch sie selbst in der *Blauen Lagune* für eine gewisse Zeit eine andere Person war. Na klar konnte sie eine Rolle spielen! Plötzlich sah sie sich als alte Tante in der Cafeteria sitzen, neben sich einen zittrigen Greis mit Rollator, und musste wieder lachen. Leander wusste, dass er gewonnen hatte. Beim Austausch ihrer Verkleidungsfantasien entwickelten sie die abenteuerlichsten Ideen und amüsierten sich köstlich.

Ihre Heiterkeitsausbrüche wurden unterbrochen durch die Schelle an ihrer Wohnungstür. Fragend schaute er sie an. Sie schüttelte stumm den Kopf. Sie hatte keine Ahnung! Schließlich stand Carlotta auf und öffnete die Tür. Vor ihr stand Paul und hielt einen Blumenstrauß und eine Flasche Wein in seinen Händen. Na Klasse, dass passte ja wunderbar! Ergeben machte sie ihm Platz und bat ihn herein.

In keiner Weise verlegen ging Leander auf Paul zu.

„Hallo, Paul, schön dich zu sehen! Ich habe für Carlotta Knoblauchhähnchen gekocht. Ein kleiner Rest ist für dich noch da, wenn du magst!"

Paul war sichtlich verlegen.

„Nein, nein, ich will euch nicht stören!"

Er reichte Carlotta die Blumen und den Wein und wollte wieder gehen.

„Sei kein Blödmann!", sagte Carlotta. „Komm, setz dich und trink wenigstens ein Glas mit uns!"

„Na gut!", sagte Paul. Er schaute Carlotta bedeutsam an und fuhr dann etwas zögerlich fort:

„In meiner Freude darüber, dass wir jetzt beide in Bochum arbeiten, habe ich meiner Mutter von dir erzählt! Sie lässt dich herzlich grüßen!"

„So, so!" murmelte Carlotta. „Vielen Dank!"

Das hatte ihr gerade noch gefehlt! Befand Paul sich nun etwa auf einer Revival Tour? Sie hatten doch eine klare Vereinbarung! Warum musste er ausgerechnet jetzt hier auftauchen!

Leander blickte sie interessiert und mitfühlend an. Er wusste ja, dass Carlotta und der Doktor eine gemeinsame Vergangenheit hatten.

Paul, der bemüht war, das Beste aus der Situation zu machen, entschied sich nun doch für ein Glas Wein und das Hähnchen. Jetzt erst wurde ihm der vertraute Umgang, den Carlotta und Leander miteinander hatten, bewusst. Unangenehm berührt zog er seine Augenbrauen zusammen und schaute die beiden prüfend an.

„Läuft da etwa etwas zwischen euch?", fragte er argwöhnisch.

Ehe Carlotta antworten konnte, ergriff Leander das Wort.

„Wir sind nur sehr gut befreundet! Nicht wahr, Liebes?" Dabei schaute er ihr wissend in die Augen.

Carlotta senkte hastig ihren Blick. Der Kerl war unmöglich! In ihrem Bestreben, schnell vom Thema abzulenken, fragte sie Paul, ob er schon mit der Obduktion des Pastors begonnen hätte. Irritiert darüber, dass sie im Beisein von Leander eine berufliche Frage gestellt hatte, antwortete er ausweichend, dass die Auswertungen wahrscheinlich erst am Montag vorliegen würden.

„Was für ein schreckliches Verbrechen!", sagte Leander. „Und eine Tragödie für seine Schwester!", fügte er hinzu.

Erstaunt schaute Paul ihn an.

„Ich bin mit ihm bekannt gewesen, wenn nicht sogar befreundet!"

Carlotta hielt die Luft an. Aber da Paul diese Bemerkung kommentarlos akzeptierte, gab auch sie keine Erklärung ab. Paul trank sein Glas aus und stand auf, um sich zu verabschieden. Er gab Leander die Hand, und Carlotta gab er einen Kuss auf die Wange.

„Pass auf dich auf, Lieblingsfrau!", sagte er und ging pfeifend hinaus.

Welch ein Abgang! Carlotta verfluchte die Männer und diese beiden im Besonderen!

Leander unterbrach ihre Gedanken.

„Was ist nun mit uns?"; fragte Leander. „Ziehen wir die Sache morgen durch oder nicht?"

Die Gedankenspiele über ihre möglichen Verkleidungen hatten Carlottas Abenteuerlust geweckt. Und plötzlich wollte sie mehr davon! Durch Leander fühlte sie sich lebendig. Die Carlotta von früher war wieder da! Sie nickte ihm zu.

„Einverstanden! du schläfst auf dem Sofa!"

Sie hatte es kaum ausgesprochen, als es wieder schellte.

„Jetzt ist es aber gut!", knurrte Carlotta in der Annahme, dass Paul wieder vor ihrer Wohnung stehen würde. Wütend riss sie die Tür auf. Ein großer breitschultriger Mann mit den gleichen grünen Augen wie die ihren stand im Flur und lächelte sie an.

„Vito!", jubelte sie und schmiss sich ihrem Bruder in die Arme. Dieser hob sie hoch und machte mit ihr ein paar ausgelassene Drehungen, bevor er ihr einen schmatzenden Kuss gab.

„Hallo, Schwesterchen!", sagte er und schob sie in die Wohnung. Carlotta nahm freudestrahlend seine Hand und zog ihn in die Küche, wo Leander abwartend gegen die Spüle gelehnt stand und den letzten Rest aus seinem Weinglas trank. Prüfend schauten sich die beiden Männer an, wobei sich Vitos Gesicht überrascht zu einem erkennenden Lächeln verzog. Doch Leander hob warnend seine Augenbrauen hoch, stellte sein Glas ab und gab dem neuen Besucher freundlich die Hand.

„Ich bin Leander Sommer!", stellte er sich vor. „Ein guter Freund Ihrer Schwester!"

„Aha!", antwortete Vito. „Sehr erfreut, Sie kennen zu lernen!"

Leander atmete auf. Sein Kollege hatte verstanden!

Carlotta, die eifrig damit beschäftigt war, das gebrauchte Geschirr wegzuräumen, hatte von diesem kleinen Intermezzo nichts mitbekommen.

„Mein kleiner Bruder arbeitet für Europol und hält sich oft in Den Haag oder Antwerpen auf. Wie kommt es, dass du hier in Deutschland bist? Hast du etwa Urlaub?"

„Was heißt hier kleiner Bruder!", protestierte Vito. „Schließlich bist du gerade mal ein Jahr älter als ich. Leider habe ich keinen Urlaub sondern bin nur auf der Durchreise. Ich muss noch weiter nach Berlin!"

„Vater Staat braucht ihn mal wieder für irgendwelche geheimen Aufträge!", flüsterte Carlotta Leander verschwörerisch zu.

Leander zeigte sich beeindruckt, und nach einem kurzen Blickkontakt mit Vito öffnete er noch eine Flasche Wein.

„Dann ist die Arbeit, die Sie machen, ja sicher sehr interessant!", meinte er harmlos.

„Es geht so! Alles wird einmal zur Routine! Arbeiten Sie mit meiner Schwester zusammen?", fragte Vito.

Carlotta lachte, bis ihr die Tränen kamen. Das war doch wirklich zu komisch!

„Nein!", japste sie. „Ich pass auf ihn auf!"

Vito, der gerade einen großen Schluck machen wollte, prustete den Wein auf den Tisch. Eilig schnappte sich Carlotta ein Papiertuch und beseitigte den Schaden.

„Warum denn das, um Gottes Willen?", fragte Vito, nachdem er wieder Luft bekam.

„Jemand hat es auf mich abgesehen!", erklärte Leander bescheiden und senkte seinen Blick, um das humorvolle Aufblitzen in seinen Augen zu verbergen.

„Das ist gar nicht so lustig!", beschwerte sich Carlotta und erzählte Vito nun die ganze Geschichte, die tragisch und komisch zugleich war. Tragisch, weil es zwei Morde gab, und komisch, weil auch ihr Bruder niemanden kannte, der durch Kamine kletterte.

„Als Schornsteinfeger, ja?", fragte er und seine Schultern bebten vor unterdrücktem Gelächter.

„Und du ahnst nicht, was wir für morgen planen!", platzte Carlotta heraus und erzählte ihrem Bruder von ihrem geplanten Besuch im Altenheim. Sie war sichtlich vergnügt und glühte vor Aufregung.

Erstaunt hatte Vito seine Schwester beobachtet. Ja, da war sie wieder! Seine kleine Große! Nach Paul hatte sie viel von ihrer Lebendigkeit verloren. Aber nun, hier mit Leander, schien ihr das Lachen wieder leicht zu fallen. Nachdenklich fragte er sich allerdings, was dieser mit seiner Geheimniskrämerei beabsichtigte. Er schien in Carlotta verknallt zu sein. Und sie? Nun, sie strahlte ja förmlich! Da brauchte er sie gar nicht erst zu fragen!

Eigentlich hatte er sie warnen wollen, dass sie im Drogenprozess in Hamburg noch einmal würde aussagen müssen. Aber das ließ er bleiben. Die beiden waren in einer so guten Stimmung! Warum sollte er das zarte Band zwischen ihnen dadurch zerstören, indem er ihr erneut Angst machte! Er beschloss, sich auf Leander zu verlassen. Der würde schon auf Carlotta aufpassen!

Er stand auf, und auch Leander erhob sich.

„Ich muss jetzt leider schon gehen, Schwesterchen! Mein Flieger nach Berlin geht relativ früh, und ich glaube, ich muss schon um 7.30 Uhr in Düsseldorf sein. Für morgen drücke ich euch beide Daumen, und ich wünsche euch viel Glück!"

Liebevoll nahm er sie in seine Arme und küsste sie zum Abschied. Als er sich Leander zuwandte, sagte dieser:

„Ich begleite Sie noch das kleine Stück bis zu Ihrem Hotel. Ein wenig frische Luft wird mir gut tun!"

Zu Carlotta meinte er:

„Am besten, du gehst schon ins Bett, Liebes. Der morgige Tag wird bestimmt nicht einfach!"

Als die beiden Männer auf der Straße standen, schauten sie sich ernst an. Sie hatten beide die gleiche Ausbildung gemacht und sogar verschiedentlich zusammengearbeitet.

„Warum?", fragte Vito nur.

„Du weißt doch, wie ich bin! Es hat mich gefuchst, dass mein Vater mich nicht hat sehen wollen. Und dann stehe ich plötzlich unter Mordverdacht und werde von der Polizei gesucht. Der wirkliche Mörder läuft noch frei herum. Außerdem bist du ja sicher auch darüber informiert, dass sich direkt vor Carlottas Nase die Albaner breit gemacht haben. Da ist es nur gut, dass ich in Deckung geblieben bin!"

„Hauptsache, du passt auf sie auf! Demnächst wird sie in Hamburg noch einmal in den Zeugenstand müssen. Also, lass dir was einfallen!"

„Das werde ich, darauf kannst du dich verlassen!

Lachend verabschiedeten sie sich voneinander.

Als Leander die Wohnung betrat, schlief Carlotta schon tief und fest. Schnell zog er sich bis auf seine Unterhose aus und schlüpfte zu ihr ins Bett. Sie fühlte sich herrlich warm an, und er legte seinen Arm unter ihren Kopf. Er hielt kurz die Luft an, als sie näher rückte und es sich auf seiner Brust gemütlich machte. Das gefiel ihm außerordentlich gut und zufrieden schlief auch er ein. In den Morgenstunden wurde Carlotta unruhig, und er wurde von ihrem Gemurmel wach. Undeutliche Wortfetzen drangen an sein Ohr, und angestrengt versuchte er, sie zu verstehen. Er glaubte „Idiot" und „liebe ihn" zu hören. Er grinste. Schau mal einer an! Plötzlich erstarrte er, denn Carlottas Hände tasteten suchend über seinen Körper! Jetzt wurde es brenzlig! Behutsam schlug er die Bettdecke zu Seite und schlich leise ins Wohnzimmer, wo er auf dem Sofa wieder einschlief und sich seinen Träumen hingeben konnte.

KAPITEL 23

Nachdem die Durchsuchungen der Garage und Gisberts Wohnung ergebnislos verlaufen waren, fuhr Hans-Dieter noch einmal zum Heim, um kurz bei seiner Tante vorbeizuschauen. Zusammen mit ein paar anderen alten Damen saß sie in der kleinen Wohnküche und aß gerade ihr Abendbrot. Er wartete derweil in ihrem Zimmer auf sie und schaute gedankenverloren nach draußen. Er dachte an den Brief vom Nachlassgericht, von dem seine Frau ihm am Telefon erzählt hatte. Auch er kam als Erbe in Betracht, aber das konnte doch nicht stimmen! Er hatte den alten Niedermann nur flüchtig gekannt. Vor etwa einem halben Jahr hatte er ihn um eine Spende für den maroden Fußballplatz von Tus Harpen gebeten. Wenn man von dessen Garage aus den Buchenweg überquerte, stand man schon direkt vor dem Eingangstor. Der Platz war damals nicht mehr bespielbar, und man brauchte dringend Geld für einen neuen Kunstrasen. Die Stadt hatte eine Teilfinanzierung zugesagt, der Rest sollte durch Spenden erbracht werden. Der Herr Bankdirektor hatte sich damals großzügig gezeigt und zweitausend Euro überwiesen. Auch Hans-Dieter, als langjähriges Vereinsmitglied und zweiter Vorsitzender, hatte schon ein paarmal für jeweils zehn Euro die Patenschaft für einen Quadratmeter Kunstrasen übernommen.

Vielleicht hatte seine Erbschaft ja etwas mit dem Verein zu tun. Wer weiß? Es würde ihn jedenfalls wahnsinnig freuen, denn der Fußballplatz war, wie allgemein bekannt, der letzte soziale Kontaktpunkt in Harpen.

Inzwischen war Tante Käthe zu ihm gestoßen, und sie schauten beide nach draußen. Dort unten auf dem Rasen stand ein junges Paar und küsste sich. Es waren Gisbert und Ava. Sieh mal einer an, dachte Hans-Dieter. Tante Käthe begann zu kichern.

„Ja, ja, die jungen Leute von heute! Ich sach dir watt! Ich happ'se ja schon öfter geseh'n, wenn'se durch'e Garage geh'n und im Wald verschwind'n. Aber heute Mittach is'se alleine gewesen. Ich dachte, sie würde wieder spazier'n geh'n. Aber sie is nur kurz hineingegang'n und schnell wieder aus'se Garage rausgekomm'n. Sie hat 'ne Tüte in'ne Hand gehappt. Und damit is'se dann in'ne Wohnung ihrer Mutter gegang'n. Kurz danach is Gisbert mit dir, deine Kollegin und die ander'n Männern gekomm'n.

Hans-Dieter schaute sie zweifelnd an. „Sie ist mit einer Tüte aus der Garage gekommen?"

„Ja, sach ich doch!", antwortete sie, verärgert darüber, dass er ihr nicht richtig zugehört hatte.

Hans-Dieter überlegte. Hatte die süße Ava etwa für diesen Schwachkopf die Kastanien aus dem Feuer geholt? Etwa belastende Beweismittel entfernt? Das muss ja direkt, nachdem sie die „Halbbruder-Bombe" platzen ließ, gewesen sein.

Er würde mit Carlotta telefonieren müssen. Da er und Monika für morgen sowieso einen Besuch bei Tante Käthe geplant hatten, hoffte er, die Tochter der Heimleiterin in der Cafeteria anzutreffen.

Der jungen Dame standen ein paar unangenehme Fragen bevor!

KAPITEL 24

Carlotta erwachte mit einem wohligen Gefühl. Sie reckte und streckte sich und gähnte laut. Sie erinnerte sich. Sie hatte von Leander geträumt, und zwar recht intensiv, wie sie beschämt zugeben musste. Halt! Geträumt? Und wieso roch denn jetzt ihr Bett nach ihm? Mit einem Ruck setzte sie sich auf. Hatte er in der Nacht etwa neben ihr gelegen? Sie erhob sich empört und wollte ihn schon spontan zur Rede stellen, als ihr klar wurde, dass sie kaum etwas anhatte. Also ging sie erst einmal in ihr Badezimmer. Beim Zähneputzen ging ihr allerhand durch den Kopf. Sie musste zugeben, dass dieser Irre mit seinen verrückten Ideen langsam ihr Herz erobert hatte. Eigentlich sah er auch ziemlich gut aus, denn wenn er lachte und sie übermütig anschaute, vergaß sie seine Narbe. Bloß ein wenig zunehmen könnte er! Obwohl sie schon bemerkt hatte, dass sich unter seiner legeren Kleidung ein stahlharter Körper verbarg!

Tja, wie es aussah, saß sie mal wieder in der Falle! Sie hatte sich verliebt! Ihre Beziehung mit Paul war, bis auf das Ende, normal und zufriedenstellend gewesen. Aber er hatte sie nie dermaßen verblüffen und durcheinander bringen können, wie Leander es tat. Bei ihm fühlte sie sich wie elektrisiert! Lebendig!

Als sie fertig war, wagte sie sich in die Küche. Vorsichtig schaute sie Leander an, der bereits am gedeckten Frühstückstisch saß und auf sie wartete. Der warme Blick, mit dem er sie betrachtete, ging ihr durch und durch. Die Frage, warum es in ihrem Bett nach ihm roch, kam ihr jetzt mehr als albern vor. Damit würde sie sich nur vor ihm blamieren!

Sie hatte überhaupt keinen Hunger, aber sie zwang sich, wenigstens ein halbes Brötchen zu essen und eine Tasse Kaffee zu trinken. Außer einem freundlichen „Guten Morgen" und „Hast du gut geschlafen?" redeten sie kaum. Sie waren beide befangen, und als Carlotta es nicht mehr aushielt, griff sie zerstreut nach ihrem Handy, das sie am Vorabend ausgeschaltet hatte. Als sie es jetzt wieder anmachte, sah sie, dass sie eine Voicemail von Philipp erhalten hatte. Philipps aufgeregte Stimme riss sie brutal aus ihrer Lethargie, und die Gegenwart hatte sie wieder!

„Hi, Carlotta, wo steckst du? Hab schon mehrere Male versucht, dich zu erreichen! Dies solltest du aber unbedingt wissen! Stell dir vor, wir haben die albanische Maffia vor der Haustür! In der Grabenstraße, in einer ehemaligen Gastwirtschaft, finden illegale Glücksspiele statt! Und unser Gisbert ist einer der häufigsten Kunden! Das LKA und das BKA sind angeblich auch schon an der Sache dran. Diese verdammten Geheimniskrämer! Warum informieren die uns denn nicht? Ruf mich zurück, wenn du dies abgehört hast!"

Sie blickte Leander an, der noch gemütlich am Frühstückstisch saß, und sagte:

„Du hast Recht gehabt mit den Albanern, und dein idiotischer Cousin steckt mittendrin!"

Sie rief sofort Philipp an. Der erzählte ihr, dass der Käufer des Hauses ursprünglich geplant hatte, dort ein Bordell zu eröffnen. Die Stadt hätte ihm aber die Genehmigung verweigert. Erst stand es eine geraume Zeit leer, aber jetzt sollen wohl ganz normale Mieter in die oberen Räume gezogen sein. Hinter den heruntergelassenen Rollläden der ehemaligen Gaststätte jedoch gäbe es nun ein Spielcasino.

„OK", sagte Carlotta. „Versuche, mit den Kollegen in Düsseldorf oder Berlin Kontakt aufzunehmen! Die sollen uns auf den neusten Stand bringen! Gut möglich, dass auch wir es bald mit der Maffia zu tun haben. Wie ist es eigentlich mit Carlo Rogalski gelaufen? Hat er vielleicht schon gestanden?"

„Kein Wort hat er gesagt. Er beruft sich auf Gisberts Anwalt!"

„Der wird schon noch reden! Verlass dich darauf! Bei der Beweislast!"

Mit diesen Worten verabschiedete sich Carlotta. Kaum hatte sie das Gespräch beendet, rief Hans-Dieter an. Er informierte sie über die Beobachtung, die er gestern Abend im Heim gemacht hatte.

„Monika und ich sind heute Nachmittag wieder bei meiner Tante. Sollte mir diese Ava über den Weg laufen, werde ich sie mir vorknöpfen. Oder meinst du, ich sollte direkt bei der Schulte anschellen und nach ihr fragen?"

„Nein, mach erst mal gar nichts. Sehr wahrscheinlich werde auch ich da sein. Sei aber besonders wachsam! Kann sein, dass albanische Gangster dort aufkreuzen!", sagte sie warnend.

„Erzähl keinen Scheiß! Die albanische Maffia in Harpen! Du spinnst doch!"

„Nein, ganz und gar nicht!", antwortete sie und gab die von Philipp erhaltenen Informationen an ihn weiter.

„Das schlägt doch dem Fass den Boden aus! Ich werde verrückt! Apropos verrückt. Ich muss dir noch was anderes sagen. Gestern habe auch ich einen Brief vom Nachlassgericht erhalten. Ich komme auch als Erbe infrage!"

Carlotta prustete laut los. „Was? Du auch? Was sollst du denn erben?"

„Keine Ahnung!", lachte er. „Wenn ich das richtig verstanden habe, muss ich erst das Erbe annehmen, einen Erbschein beantragen und dann bekomme ich eine Kopie des Testaments, oder auch umgekehrt. Ich weiß das nicht so genau!"

Immer noch lachend klappte Carlotta ihr Handy zu. Sie blickte Leander an und sagte:

„Er erbt auch!"

Leander hatte ihr amüsiert zugehört. Er war bester Laune und freute sich auf den vor ihnen liegenden Tag.

„Mein Vater scheint auch nach seinem Tod immer noch für Überraschungen zu sorgen!"

Er stand auf, und spontan zog er Carlotta in seine Arme. Er drehte sich mit ihr ein paarmal im Kreis und machte einige übermütige Tanzschritte durch die ganze Wohnung. Als sie beide atemlos stehen blieben, gab er ihr einen herzhaften Kuss auf den Mund. Danach wurde sein lachendes Gesicht ernst, und sein Blick wurde intensiv. Konzentriert schaute er ihr erst in die Augen und dann auf ihren Mund. Er beugte sich erneut über sie, und diesmal küsste er sie richtig! Plötzlich wurde aus der freundschaftlichen Umarmung eine leidenschaftliche. Carlotta fing an zu zittern und Leanders Atmung wurde immer schwerer. Stöhnend machte er sich von ihr los und sagte:

„Später, Liebes. Wir haben heute noch viel vor!"

Als sie sich etwas beruhigt hatten, betrat Leander, der Clown, wieder die Bühne.

„Nun beginnt die wundersame Metamorphose von Carlotta und Leander in Herrn und Frau Puppeflitz! Lass uns ins Theater gehen, Liebes!"

Mit weichen Knien hatte sie seiner geschwollenen Rede gelauscht und konnte nur stumm nicken.

Nach gefühlten vier Stunden schaute Carlotta in den Spiegel und konnte nicht fassen, was sie dort sah. Ein altes Mütterchen blickte ihr entgegen, mit schmalen Schultern und Hängebrüsten, ansonsten etwas rundlich. Staunend berührte sie ihr faltiges Gesicht. Man hatte ihr irgendeine Pampe ins Gesicht geschmiert, und sie durfte sich nicht bewegen, als man ihr neues Gesicht formte. Verzückt drehte sie sich vor dem Spiegel hin und her, während Leander sie stolz beobachtete. Die Maskenbildnerin und er hatten einen verdammt guten Job gemacht! Er selbst hatte sich in einen greisen Herrn mit Krückstock verwandelt, was aber schnell gegangen war. Schließlich war er ein Profi!

Sie setzten sich in Leanders schwarzen 318er BMW, der auf dem Parkplatz hinter dem Schauspielhaus gestanden hatte und fuhren zur Waldstraße. Als sie ausgestiegen waren, sagte Leander: „Showtime!"

Carlotta setzte sich mit schnellen Trippelschritten hinkend in Bewegung. Anerkennend blickte Leander hinter ihr her. Und auch er war plötzlich so gebrechlich, dass er sich stark auf seinen Stock stützen musste.

Für die Anwohner wie auch für die Bewohner des Heims kam ein altes Ehepaar die Straße herunter, das die Cafeteria ansteuerte. Im Eingangsbereich blieben die Frau und der Mann stehen und bewunderten die außergewöhnlichen Portraitfotos, die, wie das Hinweisschild besagte, Schwester Claudia von den Bewohnern gemacht hatte.

Die Tür zum Büro der Heimleiterin stand offen, und man konnte deutlich die Stimmen von Gisbert und Ava hören. Herr und Frau Puppeflitz sahen sich nur kurz an, drehten sich diskret zur Seite und schalteten ihre Handys auf „Aufnahme". Dann machten sie ein paar weitere Schritte, bis sie einen Blick auf die beiden werfen konnten.

„Warum hast du mir verschwiegen, dass du meine Cousine bist?" fragte Gisbert verärgert.

„Weil es das Geheimnis meiner Mutter ist! Schau, ich weiß, dass du hohe Schulden hast und dringend Geld brauchst, aber fang um Gottes Willen nicht wieder damit an, die Banken auszurauben!"

Flehend blickte Ava Gisbert an. Sie übereichte ihm die Tragetasche, die sie wie ein Bündel mit ihren beiden Händen vor ihre Brust gehalten hatte.

„Ach, du hast die Sachen aus dem Morgan entfernt?", staunte Gisbert. „Damit hast du mir gestern den Hals gerettet! Weißt du das?"

„Ja, das weiß ich! Und wenn die Kommissare auch noch die Digitalisampullen in dem Mercedes gefunden hätten, wärst du auch noch als Mörder überführt worden!"

„Jetzt ist es aber genug!", protestierte er. „Ich schwöre dir, dass ich meinen Onkel nicht umgebracht habe! Du weißt doch selbst, wo ich während der Tatzeit war. Wenn deine Mutter nicht so strikt gegen unsere Verbindung wäre, hätten wir aus unseren Verabredungen nicht solch ein Geheimnis machen müssen!"

„Ja, das stimmt", gab sie zu. „Aber von wem stammt denn nun das Digitalis?"

„Ich habe keine Ahnung!", antwortete Gisbert. „Ich benutze den Mercedes überhaupt nicht. Es sind unsere Mütter, die mit dem Auto fahren!"

Er legte die Tüte vorerst in den Garderobenschrank.

„Ich werde die Sachen später abholen. Im Moment warte ich darauf, dass die Albaner hier auftauchen, die ich auf diesen verfluchten Herbert Krause angesetzt habe. Der Kerl kann sich doch nicht in Luft aufgelöst haben!"

Bei diesen Worten keuchte Ava entsetzt auf.

„Du wirst ihn doch wohl nicht töten lassen?", fragte sie und begann zu weinen.

„Nein, nein, nur für eine Weile aus dem Verkehr ziehen!", beruhigte er sie. „Ich konnte meine Gläubiger nur deswegen so lange hinhalten, weil ich in Erwartung einer großen Erbschaft war. Die Situation hat sich aber durch das Auftauchen dieses Bastards drastisch geändert. Noch wird er ja als Haupterbe gesucht, und mir wäre am liebsten, er würde nie wieder auftauchen!"

„So etwas darfst du nicht sagen! Irgendetwas wirst du doch auch erben. Und wenn das nicht reicht, verzichte ich auf meinen Anspruch!", flehte sie ihn an.

Gisbert schaute nach draußen. Im Garten standen zwei Männer in seinem Alter und unterhielten sich. Sie trugen graue Anzüge und sahen wie Geschäftsleute aus.

„Da sind sie! Warte hier auf mich!", sagte er und verließ das Büro, wobei er die alten Leute, die er passierte, nicht beachtete. Wozu auch? Wahrscheinlich konnten sie schlecht hören und waren dement! Durch die Terrassentür der Cafeteria ging er in den Garten.

Carlotta und Leander folgten ihm langsam. Sie kamen an Hans-Dieters Tisch vorbei. Er hatte gerade wieder seine Musik im Ohr und hörte Falcos *Drah di net um, oh,oh,oh. Schau, schau, der Kommissar geht um, oh,oh,oh...*, während seine Frau Monika mit dem verknoteten Häkellappen von Tante Käthe beschäftigt war.

Carlotta hielt kurz an, zog einen seiner Ohrstöpsel raus, lauschte kurz und sagte mit krächzender Stimme:

„Na, alles klar, Herr Kommissar?", und schaute ihn direkt an. Sie kniff ihm ein Auge zu und trippelte weiter.

Hans-Dieter war peinlich berührt und schaute der alten Dame hinterher. Na, die war ja vielleicht drauf! Aber wache grüne Augen hatte sie gehabt. Er stutzte. Augen, die er kannte! Moment mal. Grüne Augen? Er wollte gerade aufstehen, als Monika, der das Intermezzo nicht entgangen war, neckend meinte:

„Da sieht man mal wieder, welche großen Chancen du noch hast!"

Hans-Dieter aber reagierte gar nicht, sondern konzentrierte sich auf die beiden Greise, die sich in Richtung Terrassentür bewegten. Langsam stand er auf. Grüne Augen? Zum Teufel noch mal! Zu Monika sagte er:

„ Bleib du hier sitzen. Ich muss etwas beobachten!"

Dann setzte er sich an den Tisch direkt neben der Tür. Er steckte seine Ohrstöpsel in die Hosentasche. Von seinem Platz aus hatte er einen guten Blick in den Garten. Er sah, dass sich Gisbert mit zwei Männern unterhielt, während das Pärchen die Herbstbepflanzung des Gartens bewunderte.

Carlotta und Leander befanden sich nun in Hörweite.

„Diesen Herbert Krause wir nich finden!", sagte einer der Männer. „Nun du muss sehen, wie du komms an Geld! Wenn kein Geld, wir nehm'n Autos! Du hols uns jez Schlüssel und Papiere!"

„Das kommt gar nicht infrage!", protestierte Gisbert. „Der Morgan ist ein Vermögen wert!"

„Dann gehs du jez mit in Wohnung von deinen Onkel. Hat teure Bilder, alle wissen!"

„Nein, nein, das kann ich nicht machen!", jammerte Gisbert. „Meine Mutter und die Angestellten würden das sofort merken!"

Als die beiden ihn weiterhin nur drohend anblickten, gab er sich geschlagen.

„Na gut!", sagte er ergeben. „Wartet in der Cafeteria auf mich. Es wird etwas dauern, bis ich die Schlüssel und die Papiere gefunden habe!"

Die Männer kamen an Hans-Dieter vorbei und setzten sich auch an einen Tisch. Als er in den Garten schaute, sah er gerade noch, wie der alte Mann und die Frau in der Garage verschwanden. Kurz überlegte er, ob er ihnen folgen sollte, um sie zur Rede zu stellen, entschied sich aber dann dafür, die beiden Typen im Auge zu behalten. Vielleicht waren das ja die Albaner, von denen Carlotta geredet hatte. Verstohlen tastete er nach seiner Waffe, die er vorsichtshalber aus seinem Spint in der Dienststelle geholt hatte. Er hoffte nur, dass Gisbert Niedermann keine Dummheit machte! Der wusste doch, dass er hier zwar immer seine Tante besuchte, aber auch einer der gegen ihn ermittelnden Beamten war. Die Blödheit von dem kannte wirklich keine Grenzen. Dann bemerkte er, dass Gisbert von draußen gegen die Scheibe klopfte und die beiden Männer aufforderte, zu ihm zu kommen. Zu dritt entfernten sie sich.

Hans-Dieter beobachtete, wie Gisbert den beiden etwas übergab. Diese lachten, klopften ihm wohlwollend auf die Schulter und gingen dann in Richtung Garage, während Gisbert wieder zum Haus zurückkehrte.

„Na das wird jetzt aber interessant!", murmelte Hans-Dieter vor sich hin. „Zwei Maffiosi gegen zwei Greise!"

Er stand schnell auf und eilte den beiden hinterher.

In der Garage fragte Carlotta Leander:

„Kannst du mir gleich helfen, wenn die Männer hier aufkreuzen? Ich bin ganz gut in Nahkampf ausgebildet. Während du den einen ablenkst, mache ich den anderen kampfunfähig!"

„Mach dir keine Sorgen, Liebes! Ich hab ja meinen Stock!", antwortete Leander zuversichtlich.

Carlotta schnaubte zweifelnd. Sie hatten das Licht angemacht und sich ein wenig umgeschaut.

„Diese Seitentür ist anscheinend nie abgeschlossen, und für die beiden Garagentore gibt es eine Fernbedienung! Siehst du?"

„Ich finde nicht, dass die beiden Autos hier drin sicher stehen!", antwortete Leander.

Plötzlich spannte er sich an und gab Carlotta ein Zeichen. Mit einem Satz war er neben der Tür. Carlotta war ihm gefolgt und machte schnell das Licht aus. Sie nahm ihre Nahkampfposition ein, verlegte ihr Standbein nach hinten und winkelte ihre Arme an.

Die Männer kamen herein, und ehe sie sich versahen, lagen sie auf dem Boden und krümmten sich vor Schmerzen. Pfeilschnell hatte Leander die beiden mit zwei kurzen Stockstößen auf den Solarplexus außer Gefecht gesetzt. Carlotta, die immer noch leicht gebückt dastand, schaute ihn fassungslos an. Schmunzelnd reichte er ihr mehrere Kabelbinder, die er aus seiner Hosentasche zog, und sagte:

„Komm, wir fesseln sie rasch, ehe sie wieder Ärger machen können!"

Automatisch gehorchte sie ihm. Sie waren gerade damit fertig, als die Tür aufgerissen wurde und Hans-Dieter mit gezogener Waffe hereinstürmte.

„Polizei! Hände hoch! Oder ich schieße!"

Die alten Leutchen blickten ihn erschrocken an und hoben langsam ihre Hände. Hans-Dieter schaute auf die Gangster herunter, die fein säuberlich Rücken an Rücken so mit Kabelbindern zusammengebunden waren, dass sie sich nicht mehr bewegen konnten. Beim Anblick des eingeschüchterten Pärchens vor ihm seufzte er auf und steckte seine Pistole wieder ein.

„Lass den Quatsch!", schnauzte er Carlotta an. „Du glaubst doch wohl nicht, dass ich deine grünen Augen nicht erkenne! Aber wer dieser Tattergreis hier ist, möchte ich denn doch gerne wissen!"

Mit großem Vergnügen richtete sich Carlotta in ihrer vollen Größe auf und sagte:

„Darf ich vorstellen? Dies ist Herbert Krause bzw. Leander Sommer!"

Leander lächelte freundlich und reichte dem sichtlich erschütterten Hans-Dieter die Hand.

„Sie dürfen mich auch gerne Anton Unbekannt nennen!"

„Weiß der Chef von dieser Aktion?", fragte Hans-Dieter, nachdem er sich wieder einigermaßen erholt hatte.

„Nein! Aber er kennt seine Identität!", antwortete Carlotta und wies mit ihrem Kopf auf Leander.

„Und warum ich nicht? Schließlich bin ich dein Partner!"

„Ich bin auch nur wegen der Kuchen-Kammer auf ihn gestoßen!", lachte Carlotta.

„Wieso Kuchen-Kammer?" Hans-Dieter schaute sie verständnislos an.

Leander legte freundschaftlich seinen Arm um Carlottas Schultern.

„Weil meine Carlotta ein cleveres Mädchen ist! Die Kuchen-Kammer ist ein kleines Café im Ehrenfeld, das sie öfter aufsucht, um zu frühstücken. Und ich bin der Besitzer, daher kennen wir uns. Als einer meiner Gäste sagte, wir sehen uns morgen in der Ku-Ka, ist ihr ein großes Licht aufgegangen. Sie hat meine Mütze zur Seite geschoben und meine Narbe gesehen!"

Hans-Dieter musste erst einmal „meine Carlotta" verdauen, ehe er fragen konnte:

„Und wann war dieser erhellende Moment?"

Leander schaute Carlotta an.

„Das war am Donnerstag, nicht wahr?"

„Ja!", antwortete Carlotta. „Und am Freitag habe ich als erstes Robert davon unterrichtet. Nach der Ermordung des Pastors haben wir beschlossen, Leanders Identität zur Sicherheit erst einmal für uns zu behalten! Nicht böse sein!"

Hans-Dieter schwieg eine Weile. Er betrachtete das Pärchen vor sich, und seine Schultern begannen zu zucken vor unterdrücktem Gelächter.

„Dann sind Sie also der Irre, der durch Schornsteine klettert?"

Leander lachte nun auch.

„Wenn ich das Geheimnis des Heizungskellers gekannt hätte, wäre ich anders vorgegangen!"

„Seien Sie froh darüber, dass Sie es nicht getan haben, denn durch diese Türen ist auch der Mörder ihres Vaters gekommen!"

Dann wandte sich Hans-Dieter an Carlotta:

„Was machen wir jetzt mit den Albanern hier?"

„Ich rufe bei Robert zu Hause an. Mal sehen, was der sagt. Die beiden können wir vorerst unbesorgt in der Garage lassen!"

Alle drei machten sich auf den Weg zum Haus, während Carlotta versuchte, Robert Seitz zu erreichen.

„Guten Morgen, Chef. Ich habe gerade mit Leander Sommer einen Undercover-Einsatz im Heim...!" Weiter kam sie nicht, denn er unterbrach sie unwirsch.

„Carlotta, es ist Wochenende! Bei aller Liebe, aber für solche Scherze bin ich nicht aufgelegt! Also, was soll der Blödsinn? Im übrigen höre ich neben dir Hans-Dieters Gelächter. Besucht der jetzt seine Tante etwa auch verdeckt?"

„Moment!", antwortete sie. Kurzerhand nahm sie Leander das Handy ab und ließ die vorhin gemachte Aufnahme abspielen.

„Ich komme!", sagte Robert Seitz schlicht und beendete das Gespräch.

„Jetzt konnte ich ihn noch nicht mal fragen, was wir mit den Kerlen in der Garage machen sollen!", beschwerte sich Carlotta.

Deswegen rief sie auch noch Philipp an. Sollte der sich doch um die beiden kümmern! Schließlich war es seine Information, die dafür gesorgt hatte, dass sie nicht ganz ahnungslos waren.

Hans-Dieter, der nun auch die Bedeutung der Aufnahme erkannt hatte, sagte drängend:

„Kommt, wir holen uns sofort den Beutel!"

In der Cafeteria blieb er noch kurz bei Monika und Tante Käthe stehen, während das „alte Ehepaar" sich langsam in Richtung Büro von Frau Dr. Schulte bewegte.

Hier bot sich ihnen eine völlig neue Situation. Neben Ava befand sich auch Frau Niedermann in dem Raum, die gerade mit herrischer Stimme sagte:

„Gib mir sofort die Digitalis-Ampullen, die du aus dem Mercedes entwendet hast! Ich habe Dich gesehen, als du mit der Tüte aus der Garage gekommen bist!"

„Wenn ich sie nicht entfernt hätte, wäre Ihr Sohn schon gestern als Mörder verhaftet worden!", antwortete Ava trotzig.

„Ja, das stimmt! So gesehen war dein Diebstahl ein Glücksfall, ändert aber nichts daran, dass es sich um mein Eigentum handelt! Zehntausend Euro habe ich Ernesto dafür bezahlt!"

Ergeben holte Ava die Tüte aus dem Schrank. Mit einem Ruck riss Gisberts Mutter sie an sich, legte achtlos Zündkabel, Batterie und Wollmütze, die in der Tüte waren, auf den Schreibtisch, um dann endlich an die Ampullen zu kommen. In aller Ruhe öffnete sie dann ihre Handtasche und holte eine Spritze heraus. Geschickt führte sie die Nadel in eine der Ampullen und zog den Kolben hoch.

„Was soll das denn werden?, stotterte Ava. „Wollen Sie sich etwa umbringen?"

„Mich nicht, aber dich!"

„Aber, aber warum denn?", fragt Ava, nun sichtlich verängstigt.

„Das kann ich dir sagen. Jahrelang habe ich deinen Vater umsorgt und für ihn die Beine breit gemacht. Immer wieder hat er mir hoch und heilig versprochen, dass Gisbert und ich seine Erben sind! Und jetzt stellt sich heraus, dass er zwei leibliche Kinder hat, die er testamentarisch schon längst bedacht hatte!"

Carlotta und Leander hatten sich inzwischen rechts und links vom Türeingang postiert, bereit, Frau Niedermann, die mit dem Rücken zu ihnen stand, unschädlich zu machen. Ihre Handys hatten sie wieder auf Aufnahme-Modus gestellt und befanden sich in ihren Jackentaschen.

„Ist das der Grund, warum Sie ihn ermordet haben? Aus Rache, weil er Sie nicht bedacht hat?"

„Das weiß ich doch erst jetzt! Ermordet habe ich ihn, weil ich gedacht habe, er würde sein Testament für diesen geschminkten Lackaffen ändern!"

Jetzt wurde ihr Gesicht grimmig.

„Wegen dieses Bastards ist alles schief gelaufen! Andreas hat obduziert werden müssen, womit ich nicht gerechnet habe!"

Jetzt nahmen ihre Züge einen hämischen Ausdruck an.

„Aber dafür, dass er seine DNA im Kaminzimmer hinterlassen hat, steht er nun unter Mordverdacht! Geschieht ihm recht! Soll er doch im Gefängnis verrecken!"

„Aber er ist doch unschuldig!", protestierte Ava.

„Es reicht schon, dass er überhaupt existiert! Genau wie er bist auch du mir im Weg! Gisbert und ich sind auf unser Erbe angewiesen. Da mein Gehalt als Haushälterin jetzt wegfällt, bleibt mir nur die kleine Witwenrente meines Mannes. Glaubst du etwa, damit gebe ich mich zufrieden? Und Gisbert, dieser Dummkopf, spielt sich noch einmal um Kopf und Kragen! Der hat das Geld auch dringend nötig!"

„Aber ich kann doch auf das Erbe verzichten!", flehte Ava.

„Und du glaubst, dass ich auf diesen schwachen Versuch, dein Leben zu retten, hereinfalle? Da irrst du dich aber ganz gewaltig!", und machte mit erhobener Spritze einen Schritt auf Ava zu, die sich ängstlich gegen die Schranktür drückte.

In diesem Augenblick kam Gisbert auf das Büro zu. Als er die Situation erfasste, rief er laut:

„Mutter! Was machst du denn da? Ich liebe Ava!"

Brutal stieß er die beiden Alten zur Seite, so dass sie gegen die jeweiligen Türrahmen knallten, und stürmte auf seine Mutter zu. Diese drehte sich erschrocken um, und Gisbert lief voll in die Spritze hinein, und die Nadel bohrte sich in sein Herz. Durch den Zusammenprall wurde auch der Kolben heruntergedrückt, und die Flüssigkeit geriet in seinen Körper.

Mit ungläubig geweiteten Augen sank er langsam in die Knie. Seine Mutter und Ava schrien auf, und beide bewegten sich auf den nun am Boden Liegenden zu.

Mit irrem Blick schaute Frau Niedermann auf ihren sterbenden Sohn, und in einem plötzlichen Wutrausch bückte sie sich und zog die Nadel aus Gisberts Körper. Mit einem gutturalen Schrei stürzte sie sich jetzt auf Ava.

Genau in diesem Augenblick erreichte Hans-Dieter die beiden Alten, die sich gerade aufrichteten, um zum Sprung auf die Angreiferin anzusetzen. Blitzschnell zog er seine Waffe und gab dicht am Kopf von Frau Niedermann vorbei einen Warnschuss ab. Die Kugel drang in den Kleiderschrank, und ein kleiner Holzsplitter streifte die Schläfe der völlig aufgelösten Frau. Von dem plötzlichen Schmerz abgelenkt, hielt sie inne. Schnell nahm er ihr die Spritze weg.

Leander reichte ihm kommentarlos einen Kabelbinder. Dann beugte er sich zu seinem Vetter herunter und fühlte nach seinem Puls. Die Dosis Digitalis direkt ins Herz hatte aber zu einem schnellen Tod geführt, also blieb ihm nur noch, Gisbert die Augen zu schließen. Carlotta kümmerte sich um Ava, die nun weinend auf einem Stuhl saß und mit verschränkten Armen ihren Oberkörper schaukelte.

Sie schaute hoch und bemerkte Robert Seitz, der regungslos die Szene in sich aufnahm. Lange ruhte sein Blick auf Carlotta und Leander, so als wollte er sich ihren Anblick für immer einprägen. Dann machte er unmerklich eine Bewegung mit seinem Kopf, die Carlotta sofort verstand. Sie erhob sich aus ihrer gebückten Haltung und trippelte hinkenderweise auf Leander zu. Sie stieß ihn leicht an, und auch er erhob sich. Als sie bei Robert Seitz vorbeikamen, knurrte dieser durch seine Zähne:

„Wir sehen uns am Montag!"

KAPITEL 25

Auf der Fahrt zurück in die Stadt redeten sie kaum miteinander. Die Ereignisse im Heim hatten sich dermaßen überschlagen, dass sie erst jetzt die Zeit hatten, das Ganze noch einmal in Gedanken durchzugehen. So wie sie waren gingen sie direkt zur Kuchen-Kammer und bestellten sich ein Roastbeef-Sandwich und einen Kaffee, denn seit dem Frühstück hatten sie noch nichts wieder gegessen.

„Wirst du Ärger mit deinem Vorgesetzten bekommen?" Leander schaute Carlotta fragend an.

„Das ist schwer zu sagen! Letztendlich war unsere Charade ja mehr als erfolgreich, obwohl wir eigentlich ja nur Beweise gegen Gisbert finden wollten! In den Augen aller Beteiligten waren wir lediglich zwei trottelige alte Leute, die man nicht beachten musste! Nur so konnten wir aber die ganzen Gespräche mithören und aufnehmen. Und nur so konnten wir erfahren, wie intensiv die Beziehung zwischen Gisbert und Ava war und dass das von uns gesuchte Beweismaterial nun in dem Büroschrank steckte. Und dann die Albaner! Die haben wir doch sauber erledigt!", stellte sie zufrieden fest. Sie schwieg eine Weile.

„Allerdings kann ich immer noch nicht fassen, dass Gisbert jetzt tot ist. Es ist doch verrückt, dass die Nadel nicht an einem Rippenbogen abgeprallt ist, sondern direkt sein Herz getroffen hat! Und dann noch die volle Ladung Digitalis! Die arme Ava tut mir echt leid!"

„Hattest du bereits vorher schon den Verdacht, dass meine Tante die Mörderin meines Vaters sein könnte?"

„Am Anfang ja. Aber dann hatten ihre Freundinnen ihr ein wasserdichtes Alibi gegeben, und sie war aus dem Schneider. Zur gleichen Zeit fing das Alibi von Gisbert an zu wackeln, und er geriet unter Verdacht. Dann entdeckte ich, dass deinem Vater das Digitalis in ein entzündetes Muttermal gespritzt worden sein musste, und Frau Dr. Schulte, die sowieso schon so viel Mist gebaut hatte, wurde meine Favoritin! Als wir dann aber den Durchgang im Keller fanden, war wieder alles offen!"

„Was glaubst du? Wie wird der Seitz wohl die Vorfälle im Heim handhaben?", überlegte Leander.

„Wahrscheinlich erklärt er Hans-Dieter zum Helden des Tages! Aber der wird von der Dienstaufsicht noch einiges zu hören bekommen, weil er eine Waffe bei sich gehabt hat, obwohl er nicht im Dienst gewesen ist! Aber schließlich hat er damit eine Tötungsabsicht verhindert, also wird es wohl nicht so schlimm werden!"

Die Tür ging auf und Paul kam herein. Achtlos ging er an den beiden alten Leuten vorbei und setzte sich an einen Tisch. Carlotta senkte sofort ihren Blick.

„Sind Carlotta und Leander heute schon hier gewesen?", fragte er den jungen Mann, der hinter der Theke stand.

„Nein!", antwortete dieser. „Leander ist doch verreist!"

„Wieso verreist? Gestern Abend habe ich ihn noch bei Carlotta gesehen!"

„Davon weiß ich nichts. Mir hat er jedenfalls gesagt, dass er für eine Weile weg sein wird!"

„Das ist doch mehr als seltsam. Ich werde mal gleich zu ihr rüber gehen und nachsehen, was da los ist!" Paul stand auf und verließ eilig den Laden.

„Oh Mann!", sagte Carlotta. „Jetzt können wir gar nicht mehr in meine Wohnung zurück. Jedenfalls nicht so!" Sie schaute an sich runter. „Der bringt es fertig und kampiert vor meiner Tür!"

„Keine Panik! Wir können uns wieder im Theater umziehen. Und duschen können wir dort auch!"

Leander schaute Carlotta prüfend an.

„Hast du noch Gefühle für ihn?"

„Ja, aber nur freundschaftliche!", antwortete sie.

„Er liebt dich jedenfalls noch. Das weißt du doch sicher auch, oder?"

„Was soll ich denn machen, wenn mir plötzlich ein alter Tattergreis besser gefällt?" Carlotta schaute ihn lächelnd an.

Leander machte eine kleine Verbeugung und meinte dann schmunzelnd:

„Vielen Dank für dieses ungewöhnliche Kompliment! Was möchten Sie trinken, schöne Frau? Ein Gläschen Sekt vielleicht?"

Carlotta nickte.

Nachdem die Bedienung die beiden Gläser gebracht hatte, prosteten sie sich zu.

„Auf uns!", sagte Leander.

Dann nahm er augenzwinkernd sein Handy aus der Tasche, drehte sich leicht zur Seite und rief den jungen Mann hinter der Theke an.

„Hi, Tom! Ich bin's, Leander! Für dieses Wochenende brauche ich doch noch meine Wohnung! Tu mir den Gefallen und räum etwas auf. Sorge bitte für frisches Bettzeug! Getränke müssten ja noch da sein, aber ein paar von meinen eingefrorenen Gerichten kannst du mir nach oben bringen. Morgen hat der Laden ja sowieso geschlossen. Darum sehen wir uns am Montag! Dann reden wir! Den Schlüssel kannst du solange behalten. Ich habe selbst einen. Und mach pünktlich Feierabend heute! Ich will nachher niemanden mehr von euch sehen!"

Er drehte sich wieder um, und spitzbübisch fragte er:

„Bin ich nicht der geborene Organisator? Wenn wir ausgetrunken haben, gehen wir beide gemütlich zum Theater und werden wieder normal!"

Als sie dort ankamen, mussten sie feststellen, dass sich, im Gegensatz zum Vormittag, eine angespannte Betriebsamkeit breitgemacht hatte. Leander hatte nicht bedacht, dass die 18 Uhr Vorstellung gerade begonnen hatte. Er erkannte sofort, dass sie jetzt keinesfalls stören oder auffallen durften. Anstatt direkt in den Keller zu seinem Koffer zu gehen, führte er Carlotta in einen schmalen Gang neben der Bühne. Er wusste, sie würde die hektische Atmosphäre genießen und wies sie an, in einer dunklen Ecke auf ihn zu warten.

„Bleib du hier stehen und schau zu. Aber rühr dich nicht vom Fleck! Ich bin gleich wieder da! Ich hole nur schnell unsere normale Kleidung aus dem Koffer!" Und weg war er!

Fasziniert von dem bunten Treiben ging Carlotta ein paar Schritte nach vorne, um einen Blick auf die Bühne werfen zu können. Plötzlich schoss aus der Dunkelheit ein Arm hervor, krallte sich bei ihr fest und jemand zischte:

„Wo bleibst du denn, du Transuse!" Und mit einem energischen Schwung wurde sie auf die Bühne gezogen und ihr Kopf nach unten gedrückt! In Panik versuchte sie, sich loszumachen. Sie musste hier weg! Doch ihr

Peiniger wollte sie nicht gehen lassen und umklammerte sie nur noch fester. Das Hin-und-her-Gezerre tat ihr weh, während das Publikum gebannt zuschaute, wie eine alte Frau offenbar massakriert werde sollte! Gehörte das etwa zu der momentanen Szene? Der Griff, mit dem sie gehalten wurde, war so schmerzhaft, dass ihr das Blut in den Ohren rauschte. Der hatte sie doch nicht alle!

Zuschauer hin oder her! Mit ihr nicht! Sie benutzte ihre ganze Kraft, als sie ihm auf den Fuß trat. Ein unterdrücktes „Au!" folgte, und die Umklammerung lockerte sich etwas. Aber los ließ er sie nicht! Eine Rolle war schließlich eine Rolle!

Carlotta, die mittlerweile in Rage war, fackelte nicht mehr lange. Sie riss sich los, richtete sich auf und umschlang ihn ihrerseits. Sie schob ihr rechtes Knie zwischen seine Beine und mit einem sauberen Uki Goshi brachte sie ihn zu Fall. Als er auf den Boden krachte, entfuhr ihm ein empörter Aufschrei. Sie beugte sich zu ihm herunter. Er hatte seinen Kopf fragend angehoben. Sie überprüfte, ob er sich vielleicht verletzt hatte. Er schien soweit in Ordnung zu sein. Als er aber ihre funkelnden grünen Augen sah, die er überhaupt nicht kannte, sank er verstört auf den Boden zurück! Mit einer gekonnten Rolle rückwärts verließ Carlotta die Bühne und prallte mit der richtigen ‚alten Frau' zusammen. Um Gleichgewicht bemüht, klammerten sie sich aneinander. Dadurch machte sie wieder ein paar Schritte rückwärts, und nun waren beide Frauen auf der Bühne. Carlotta machte mit der Schauspielerin, die sie mit weit geöffneten Augen schockiert ansah, eine halbe Drehung und schubste sie in die Mitte der Bühne, wo sie mit dem Mann, der sich gerade aufrichten wollte, zusammenstieß. Sie fielen beide zu Boden. Dem Publikum gefiel die Situationskomik und spendete lauten Beifall. Geistesgegenwärtig fielen Carlotta die hinkenden Trippelschritte wieder ein und verließ so die Bühne. Dort landete sie direkt in Leanders Armen, der von einem lautlosen Gelächter geschüttelt wurde.

Bei dem Trubel, der überall herrschte, hatte er es gar nicht mehr versucht, an seinen Koffer zu kommen. Er kehrte wieder um und sah gerade noch, wie Carlotta mitten auf der Bühne einen Schauspieler auf die Bretter schickte und die richtige ‚Alte' auf ihn stieß! Wie war das noch? Eine tickende Zeitbombe war nichts dagegen! Er gab ihr ein Zeichen, dass sie hier verschwinden müssten und zog sie mit nach draußen.

„Irgendwie müssen wir jetzt die Zeit rumkriegen!", sagte er dann. „Tom schließt den Laden um 18 Uhr. Dann braucht er bestimmt noch mindestens eine Stunde für die Wohnung! Entweder, wir gehen im Bermuda-Dreieck noch etwas trinken, oder wir entscheiden uns für einen Kinobesuch!"

„Also Action hatte ich heute genug! Komm, wir setzen uns ganz ruhig irgendwo hin. Schauen den Leuten zu und trinken noch etwas!"

Gegen halb neun betraten sie Leanders Wohnung. Es verging eine weitere Stunde, bis sie sich vollständig von ihrer Maskerade befreit hatten. Carlotta zog Leanders Schlabbersachen an und ging in die Küche, wo er gerade eine seiner Suppen warm machte. Mit dem aufgebackenen knusprigen Brot war sie jetzt genau das Richtige!

„Nun, wie fühlst du dich jetzt?", fragte er sie.

„Erschöpft, zufrieden, verrückt, glücklich, erstaunt, begeistert, verwundert...!"

Leander unterbrach sie amüsiert:

„Halt stopp! So genau wollte ich das gar nicht wissen!"

Nach einer kleinen Pause sagte Carlotta leise:

„Und ganz schön verliebt!"

Freudestrahlend sprang Leander auf.

„Das wollte ich hören! Denn mir geht es genauso!"

Wie weggeblasen war die Trägheit, die sie noch beim Essen verspürt hatten. Leidenschaftlich zog er sie in seine Arme und küsste sie stürmisch!

„Wir werden ein gutes Team sein, du und ich!", versprach er ihr und zog sie mit in sein Schlafzimmer.

Als Carlotta später mit ihrem Kopf auf seiner Brust fest schlief, überlegte sich Leander seine nächsten Schritte. Jetzt, wo klar war, dass sie sich liebten, musste er ehrlich zu ihr sein! Aber erst wollte er sich beim Nachlassgericht melden und für klare Verhältnisse sorgen.

Am Sonntagmorgen, nach einer zärtlichen Umarmung, standen sie beide in der Küche und bereiteten ein herzhaftes Frühstück vor.

„Warum hast du mir eigentlich am Donnerstag das Tablett aus der Hand geschlagen?", fragte Leander neugierig.

Carlotta wurde verlegen. Verflixt! Was sagte sie denn jetzt? Sollte sie ihm die Sache mit Paul erzählen? Ja, entschied sie. Wenn zwischen ihnen beiden eine ernsthafte Beziehung entstehen sollte, musste sie jetzt aufrichtig sein.

Mit leicht geröteten Wangen erklärte sie, dass sie, als er mit dem Tablett vor ihr stand, im ersten Moment geglaubt hatte, dass sie miteinander geschlafen hätten!

Leander schnaubte ungläubig!

Tapfer fuhr sie dann fort:

„Weißt du, es war für mich wie ein Déjà Vu, weil auch Paul nach der Halloween-Party bei meinem Chef am nächsten Morgen mit einem Tablett vor mir stand!"

Leander war ernst geworden.

„Dann habt ihr also erst kürzlich miteinander geschlafen?"

„Ja", antwortete sie kleinlaut.

„Und wie war das für dich?", bohrte er weiter.

„Ich kann mich doch gar nicht richtig daran erinnern!", platzte sie heraus. „Als ich morgens wach wurde, stand er plötzlich vor meinem Bett!" Und zwar nackt, fügte sie in Gedanken hinzu.

Leander nahm sie in seine Arme. Fragend schaute er sie an.

„Liebst du mich?"

„Ja!", gab sie zu.

„Dann wird alles gut!"

Zärtlich wiegte er sie hin und her. So blieben sie lange Zeit stehen und genossen die Nähe des anderen.

KAPITEL 26

Am Montagmorgen saß Carlotta in ihrem Büro und las mit großem Interesse die Schlagzeilen des Tages:

Illegales Spielcasino der Albanischen Maffia in Bochum-Harpen hochgenommen...

Mörder von Pastor Gründel gesteht...

Tragischer Unfall im Seniorenheim...

Heldenhafter Einsatz von Kommissar Hans-Dieter Bauermann...

Altes Ehepaar als Zeugen gesucht...

Carlotta schmunzelte, als sie das las. Da konnten sie lange suchen! Wie sie und Leander aber auch ausgesehen hatten!

In Erinnerung an das hinter ihr liegende Wochenende versunken bemerkte sie nicht, dass Robert Seitz vor ihr stand.

„Guten Morgen, Miss Marple! Hast du gut geschlafen? Komm, ich helfe dir aus deinem Stuhl, damit wir gemeinsam zu unserer Besprechung gehen können!", und hielt ihr seine rechte Armbeuge hin. Carlotta war verunsichert, weil sie seine Ironie nicht einordnen konnte. Aber dann sah sie seine lachenden Augen und stand auf. Sie legte ihre Hand auf seinen Arm, und mit ihren hinkenden Trippelschritten gingen sie zu den anderen. Als diese sie fragend anschauten, sagte sie hastig:

„Es ist nichts. Ich habe nur gerade eine neue Gangart ausprobiert!"

Verstohlen schaute sie Hans-Dieter an. Dieser verzog über diesen Insider-Witz keine Miene. Der Chef hatte ihn nämlich dazu verdonnert, die beiden ‚Alten' mit keinem Wort zu erwähnen.

Wie so oft bei diesen Besprechungen, übernahm Philipp das Reden:

„Die beiden Albaner, die Hans-Dieter so effektiv gefesselt hatte, sind mir von den Beamten des BKA wieder abgeluchst worden, weil ihre eigenen Experten den Fall bearbeiten!"

Dabei vermied er, Carlotta anzuschauen.

„Der Tod von Gisbert Niedermann wird als Unfall dargestellt, was auch die Tochter von Frau Dr. Schulte bestätigt hat.

Frau Niedermann, die laut Ava Schulte die Ermordung ihres Schwagers zugegeben hat, ist zusammengebrochen, und der Arzt hat ihr eine Beruhigungsspritze gegeben. Dann hat er sie in eine psychiatrische Klinik eingewiesen. Dort wird sie bleiben bis zur Verhandlung! Das Alibi, welches ihr die Bridge-Partnerinnen gegeben hatten, war falsch!

Carlo Rogalski hat gestanden, dass der Auftrag, den Pastor in die Mangel zu nehmen, von Frau Niedermann gekommen sei. Dabei habe er einmal zu lange zugedrückt, und der Pastor sei plötzlich tot gewesen. Das Ganze bezeichnet er als einen Unfall! Die Kratzspuren an seinen Armen stammen eindeutig von dem Pastor.

Ob Gisbert bei dem letzten Banküberfall die Gasflasche manipuliert hat, kann nicht bewiesen werden. Auf jeden Fall ist eine solche Flasche mit dem Morgan transportiert worden. Die Farbspuren und Rostrückstände deuten darauf hin. Dazu kommen noch die Skimaske, das Zündkabel und die Batterie, die Ava Schulte aus dem Auto entfernt hatte. Diese wird noch eine Vorladung wegen Unterschlagung von Beweismaterial und Irreführung der Justiz bekommen.

Die Fingerabdrücke an den beiden Türen zum Heizungskeller stammen von Frau Dr. Schulte, Frau Niedermann, Gisbert Niedermann, dem Hausmeister und der Putzfrau sowie dem Wartungspersonal. Im Regal neben der Tür, war übrigens ein Zweitschlüssel versteckt.

Die Fingerabdrücke an der Leiter und dem Fenster auf dem Dachboden sowie in dem Kaminzimmer können nicht zugeordnet werden. Das war's!" Damit beendete Philipp seinen Vortrag.

„Nun denn!", sagte Robert Seitz. „Ich gehe davon aus, dass noch einige Berichte zu schreiben sind. Philipp und Carlotta kommen mit in mein Büro!"

Dort angekommen, setzte er sich hinter seinen Schreibtisch.

„Gib mir bitte dein Handy!", sagte er zu Carlotta, und dann ließ er alle mitgeschnittenen Gespräche abspielen.

„Oh Mann!", sagte Philipp begeistert, als das Band zu Ende war. „Wie bist du denn an diese Aufnahmen gekommen?"

„Das spielt keine Rolle!", sagte Robert. „Wichtig ist, dass wir sie auf einen Stick oder einen anderen Datenträger überspielen!"

„Einen Augenblick!", sagte Carlotta und eilte in ihr Büro. Dort holte sie eine CD aus ihrer Tasche und gab sie an Philipp weiter.

„Ob sie vor Gericht als Beweismittel zugelassen wird, weiß ich leider nicht", meinte sie.

„Zumindest sind wir jetzt im Besitz von authentischen Informationen!", antwortete Robert. „Ich muss noch mal kurz mit Carlotta alleine reden!", nickte er Phillip zu, welcher daraufhin das Büro verließ.

Er räusperte sich und machte ein ernstes Gesicht. „Ich habe die Nachricht bekommen, dass du bei dem gerade angelaufenen Prozess gegen das Drogenkartell noch einmal aussagen sollst!"

„Nein!" Carlotta sprang von ihrem Stuhl hoch. „Jeder weiß doch, wie gefährlich das ist! Wenn die erst einmal mein Gesicht kennen, muss ich in den Zeugenschutz! Und das, wo ich mich doch gerade so gut hier eingelebt habe!" Und Leander gefunden habe, fügte ihre innere Stimme hinzu.

Traurig sah sie Robert Seitz an.

„Tja", sagte er. „Vielleicht kenne ich da jemanden, der dir in dieser Situation behilflich sein kann!

Er holte eine Akte aus seiner Schublade und schob sie Carlotta hin.

„Die Fingerabdrücke an der Leiter, dem Fenster und in dem Kaminzimmer sind doch nicht so unbekannt!"

Sie blickte ihn fragend an und las zögernd die erste Seite.

Verschwommen blickte sie auf das abgebildete Foto. Es zeigte einen Mann mit langen Haaren und einer Narbe auf der Stirn.

`Herbert Sommer, Sonderermittler bei Europol, zuletzt für den BND bei verdeckten Observierungen eingesetzt, zur Zeit beurlaubt...`

Carlotta war kreidebleich geworden. Ein zorniger Schrei entfuhr ihrer Kehle, als sie ihren Chef ansah, der unschuldig zurückblickte. Wortlos raste sie in ihr Büro, schnappte sich Tasche und Jacke und verließ hektisch das Gebäude.

Robert Seitz begann zu kichern. Erst leise, und dann immer lauter. Bis er in ein schallendes Gelächter ausbrach.

KAPITEL 27

Er war gerade vom Nachlassgericht zurückgekommen. Er würde sein Erbe annehmen. Dadurch konnte er auch in das Testament einsehen. Er war in der Tat der Haupterbe von Andreas Niedermann!

Die komplizierten Bestimmungen wegen der Anteile an der Bank hatte er nur kurz überflogen. Er interessierte sich mehr dafür, was mit seiner Halbschwester passieren sollte. Für sie war eine große Geldsumme vorgesehen, damit sie in Ruhe ihr Studium beenden konnte. Darüberhinaus konnte sie, wenn sie es wollte, unter Anleitung und mit voller Unterstützung des Direktoriums in die Führungsebene aufsteigen.

Ihre Mutter, Frau Dr. Schulte, sollte das Heim und das Gartenhaus überschrieben bekommen. Das Heim würde zukünftig von einer Stiftung der Niedermann-Bank finanziert.

Frau Niedermann erhielt eine lebenslange Leibrente. Entweder bliebe sie in der Psychiatrie oder landete im Gefängnis. Er würde sich um sie kümmern!

Genauso, wie er die Beerdigung von Gisbert organisieren würde. Sein Vater hatte seinem Vetter in seinem Testament den Morgan und ebenfalls eine Geldsumme vermacht. Von dem Geld und von dem Erlös aus dem Verkauf des Autos würde seine Tante, die ja die Erbin von Gisbert war, nun ihre Gerichtskosten und andere Verbindlichkeiten bezahlen können.

Eine größere Spende war für den TuS Harpen vorgesehen, und der Hausmeister, die Putzfrau und der Gärtner sollten kleinere Geldbeträge erhalten.

Weil er sich immer noch schuldig an dem Tod des Pastors fühlte, hatte er sich vorgenommen, dessen Schwester mit großer Wertschätzung und Aufmerksamkeit zu behandeln. Er würde mit ihr in Kontakt bleiben!

Ob er in den Wohntrakt seines Vaters ziehen würde, hing von Carlotta ab. Seinetwegen könnte man das ganze Haus in ein Seniorenheim verwandeln! Er hätte nichts dagegen!

Und dann müsste er noch mit Robert Seitz sprechen. Er hoffte, dass eine Selbstanzeige bezüglich des Geldes und der Medikamente, die er für die Mutter von Ernesto nach Kolumbien geschickt hatte, für mildernde Umstände sorgen würde. Auf die Reaktion von Carlotta war er allerdings gespannt. Wahrscheinlich würde sie in die Luft gehen!

Über seinen eigentlichen Beruf würde er auch noch mit ihr reden müssen! Gut gelaunt rieb er sich die Hände. Ein spannender Abend stand ihm bevor! Er liebte Carlotta! Sie hatten am Wochenende miteinander geschlafen. Er grinste zufrieden in sich hinein, denn er hatte die Katze mehrmals zum Schnurren gebracht!

DANKE

Zuallererst möchte ich mich bei den Bewohnern des Wichern-Hauses bedanken, die mir den roten Faden für meine Geschichte geliefert haben. Ohne diesen wäre ich nicht inspiriert gewesen. Ausdrücklich möchte ich darauf hinweisen, dass ich mit Ausnahme der Stichwörter und Satzfragmente den Inhalt dieses Buches frei erfunden habe. Auch die Heimleiterin, Frau Dr. Schulte, mit ihrer dunklen Vergangenheit, existiert nur in meiner Fantasie.

Beim Wichern-Haus selbst und dem Pflegepersonal der Station A bedanke ich mich noch einmal für die einfühlsame und berührende Sterbebegleitung bei Erich, dem Lebensgefährten meiner verstorbenen Mutter, dessen Betreuerin ich gewesen war und den ich drei Jahre lang regelmäßig besucht hatte.

Mein größter Dank gilt meiner Tochter, die meine liebevolle aber strenge Lektorin gewesen ist. Sei geküsst und umarmt!

Danke Claudia Cirkel, denn du bist die Erste gewesen, die mich ermutigt hat zu schreiben.

Monika Galluschke, als Gemeindereferentin hast du mir wertvolle Tipps gegeben, und du kennst die neuen Rechtschreibregeln viel besser als ich. Danke.

Meiner Hausärztin, Frau Dr. Lorenz, meinem Apotheker, Herrn Storch, und all denen meiner Bekannten, die ich mit Fragen gelöchert habe, danke ich.

Und mein Mann? Der kann bis heute noch nicht fassen, wie viel Arbeit es macht, ein Buch druckreif zu machen. Danke für Deine Geduld, Michael!